カノジョの妹とキスをした
I kissed My Girlfriend's Little Sister
2

女子の身体を拭く、といっても背中だ。
童貞の俺でも別に意識することはない。

……そんなまったくもって
見当はずれな考えは、
むき出しの背中を俺に向けて座る
時雨の姿を見た瞬間に霧散した。

「失礼しますねー」

時雨の水着は、
布面積の少ない
大人っぽいビキニだった。

「ダメじゃないですか。
おにーさんは今大切な彼女と
電話してるんだから。
ちゃんと姉さんの声に集中しないと」
「っ……！」
「もしここで私が声を上げたら、
きっとなにもかもめちゃくちゃに
なってしまいますね」

カノジョの妹とキスをした。2

I kissed My Girlfriend's Little Sister♥

Contents

presented by MISORA RIKU　illust. SABAMIZORE

GA文庫

カノジョの妹とキスをした。2

海空りく

GA文庫

カバー・口絵・本文イラスト
さばみぞれ

第十五話　うわがき×ファーストキス

薄い窓ガラス一枚向こうの雨の音が、ひどく遠く聞こえる。
肌に張りつく梅雨（つゆ）の蒸し暑さも、今は気にも留まらない。
意識のすべてが、目の前の女の子に吸い込まれる。
耳は熱を帯びた彼女の吐息だけを聞いて、
肌は彼女の白磁のような肌から立ちのぼる体温だけを感じて、
眼は高校になって初めて出来た大好きな恋人の顔だけを映している。

でも、それもすぐにすべてわからなくなる。

恋人の顔が近づいてきて、そっと唇が重ねられる。

キス。

唇を啄（ついば）むような優しいキス。

その瞬間、俺（おれ）の感覚のすべてが、重なり合った唇の感触に塗（ぬ）り潰（つぶ）される。

「好き……。んっ…………」


労わるように優しく、でも燃えるように熱い。

手とも肌とも違う感触に頭がのぼせたようにくらくらする。

薄目を開くと、長いまつげの奥に、今にも涙になって零れ落ちそうなほどの愛情を湛えた瞳の中で、自分が溺れている。


「おにーさぁん……」


熱っぽく呟く彼女の小さな口、俺の唾液に濡れた唇の合間から、ちろりと舌が覗く。

見たことない、他人の肉の色。

ここから先のことを、俺は何も知らない。

このまま彼女に身を委ねたら、どうなってしまうんだろう。

バクバクと心臓が早鐘を打つ。

それは恐怖か、期待か。

でも——その時だった。

『ピンポーン』

「ッッ――――⁉」

突然スマホから飾り気のない電子音が響く。

アプリの更新を知らせる音。

その慣れ親しんだ生活音に、俺の意識は現実に引き戻された。

なにを、……何をやっているんだ俺は⁉

のぼせるほどに全身を熱くしていた血が逆流して、青ざめる。

そりゃそうだ。

だって、目の前にいるのは、恋人・晴香（はるか）と顔が同じだけの双子の妹なんだから！

「は、離れろ時雨（しぐれ）ッ！」

「きゃっ」

俺は慌てて時雨の身体を引きはがす。

「な、何考えてるんだ！　こ、こんなのいくら何でも悪ふざけがすぎるぞ！」


時雨が俺をからかって遊ぶのはいつものこと。

一ヵ月と少し前、両親の再婚で義理の兄妹になってから何度も経験したことだ。

でも、これは流石(さすが)に度が過ぎる。

だが時雨は濡れた唇を綻(ほころ)ばせながら、こう言った。


「ふざけているように見えましたか？」

「う……っ」


俺は言葉に詰まる。

時雨の両目にはさっきと変わらない、輝くような愛情が込められている。

見つめていると、また頭の芯(しん)の部分がじくじくと熱を発し始める。

……わかってる。

恋愛経験二ヵ月のクソ雑魚(ざこ)童貞な俺にだって、こんな視線を向けられたらわかる。

時雨が……これ以上ないってくらいマジだということ。

『おにーさん。私に浮気しませんか？』

浮気。先ほど時雨が口にした言葉。そんな軽薄な言葉には到底似つかわしくないほどの、強烈な愛情を彼女が俺に向けてくれているということは。

そりゃそうだ。だってこんな熱量の情熱は、恋人の晴香にだって向けられたことはない。

でも、だからこそ、

そんなものを真っすぐ受け止められるわけないじゃねえか！

「冗談以外にどう受け止めろっていうんだよ！　お、俺達は、その、兄妹なんだぞ！」

受け止めるには大きすぎるし、投げ捨てるには真剣すぎる。

俺は焦った。

できるならうやむやにしたい。

なんとかいつものからかいが、ちょっと行き過ぎただけだと済ませたい。

だってそうしないと、ようやく板につき始めてきた俺達の関係が壊れてしまう。

恋人と瓜二つの妹。

そんな妹との同居生活。

微妙なバランスの上に成り立つ『今』の何もかもが、滅茶苦茶になってしまう。

――だけど、

「兄妹？　おにーさんは私のことを本当の妹と思っているんですか？」

「あ、あたりまえだろ。ていうか本当に妹だし」

「ウソツキ」


時雨はそんな俺の姑息な考えをすべて見透かしているような目で妖しく微笑むと、もう一度膝立ちになって、俺の頬に手を伸ばしてきた。

その感触だけでとってつけた建前で武装した俺の虚勢は剝ぎ取られる。

心臓がバクバクと落ち着きなく跳ねて、火が付いたみたいに顔が熱くなる。

「本当に肉親と思ってる相手にキスされたなら、こんな可愛いお顔にはなりませんよ？」

「……～っ！」

「クスクス。頰っぺたあっつい……。お耳も真っ赤にして、……可愛いなぁおにーさん。無理しなくてもいいんですよ。出逢って一ヵ月少しで本当の兄妹になんてなれるわけないんですから」

「そんなことは……」

「少なくとも私は無理でした」

「……！」

「これでも私、頑張ったんですよ？　自分の気持ちに蓋をして、恋なんてくだらないもののために今ある人間関係を壊さないようにって。なにしろおにーさんは私の義理の兄で、実の姉の彼氏さんで、そして私はお二人のことが大好きなわけですから。……でも、今日お二人が駅前でキスしているところを見て、それが無理だってことを思い知らされました」


み、見てたのかよ……！


「私は昔から姉さんに色々なものを譲ってきました。ケーキの大きい方だったり、ゲームの一着だったり。

でもそれを苦に思ったことはありません。だって私は姉さんのことが好きだから。姉さんの笑顔が世界で一番大好きだったから。

でも……今回は違いました。

他の何を譲れても、この恋だけは譲れないと思いました。出逢った時から嵌められている『二人の妹』という立場に縛られたまま、姉さんがおにーさんの心を独占するのを見ているだけなんて耐えられないって」

熱を帯びた口調でそう囁きながら、時雨は俺の頰を慈しむように優しく撫でる。

「姉さんと別れろなんて図々しいこと言いません。でも、たった一度だけでいいから、私にもおにーさんの一番になるチャンスをくれませんか？　絶対に後悔させませんから」

濡れた瞳で、甘い言葉で、温かな肌で、自分の想いを伝えてくる。

大きな、とても大きくて純粋な愛情が、伝わってくる。

同時に、十年越しに再会できた最愛の姉との絆さえ、壊しても構わないという決意も。

「…………」

……これは、逃げられない。

いつもの悪戯で済ませて、なあなあにして和を保てる問題じゃない。

それがよくわかった。

一人の男として、時雨の愛情に答えを返さないといけない問題だと。

となると、――その答えは決まっている。

俺は一つ大きく息を吸い込んで、時雨の瞳を見つめ返す。

そしてなんだか申し訳なくなるほどの情愛を受け止めて、答えを口にした。


「やめてくれ」

「おにーさん……」

「……時雨の気持ちは、よくわかった。悪ふざけじゃなくって、俺なんかを本当に好きになってくれたんだってことも。でも……こんなの駄目だ」

「それは兄妹だから、ですか？」


違う。俺は首を横に振る。


「俺だって時雨と一緒だ。頑張っちゃいるつもりだけど、たった一ヵ月で時雨のことを本当の妹だって、そんなふうには考えられない」

「じゃあ、私に魅力がありませんか？」

「バカ。それこそ考えたこともねーよ」


当たり前だ。

晴香の双子である時雨は、晴香同様ちょっとその辺にはいないレベルの美少女だ。

そんな可愛い女の子が、毎朝毎晩美味(おい)しいご飯を用意してくれて、自分と居る時間を本当に楽しそうに過ごしてくれるんだ。

恋人と瓜二つという点を除いても、魅力的に感じないわけがない。


「時雨と居る時、いつだって俺はドキドキしてるよ。それを意地張って隠すので精一杯だってことは、時雨だってわかってるだろ」


それに時雨は可愛いだけじゃない。

とても優しい女の子だ。

普段俺をからかってくるのも、異性に対して苦手意識を持ってて自然と壁を作ってしまう俺を気遣ってのことだというのは気が付いている。

時雨じゃなかったら、たった一ヵ月と少しでこんなにも打ち解けられなかっただろう。

きっとこの家はもっとギスギスした、会話のない家になっていたに違いない。

性悪とか小悪魔とか、普段は照れくさくてそう言ってるけど、時雨が本当に他人のことをよく見ていてちゃんと気遣うことのできる素敵な女の子だということを、俺はよく知っている。

「だから、これは俺達が兄妹だとか、時雨の魅力がどうとか、そういう話じゃない」

もっと単純なこと。

単純で重要なこと。

つまりは、――俺が誰を愛してるのかってことだ。

「俺は、時雨よりも晴香が好きなんだ。

俺が本気の愛情を返すのは晴香だけだ。

時雨からどれだけ貰っても、俺は時雨に何も返せない。

だからそんなものは受け取れない。時雨の愛情は、ちゃんと同じものを返してくれるヤツに向けるべきだ」

胸の中に苦いものが染み出してくる。

他人が本気で向けてくる愛情を撥ねつけるのが、こんなにも辛いことだったなんて知らなかった。

だけどこれは俺が言わなければいけないことだと思った。

だから、俺は言い切った。

その答えを受けた時雨は、俺から身体を離すと畳に腰を落とした。

「……そうですよね。おにーさんが私に浮気なんて、してくれるわけないですよね」


力ない声。

垂れた前髪に隠れて見えないが、きっと深く傷ついたに違いない。

だけど、時雨はすぐに顔を上げると、微笑んでみせた。

「ありがとうございます、おにーさん。こんなことをして、二度と口をきいてもらえないくらい嫌われても不思議じゃないのに、私の気持ちをちゃんと真剣に受け取って、自分の言葉で答えてくれて。おかげでよくわかりました。今はまだ、おにーさんと姉さんの間に私の入り込む隙間(すきま)なんてないってことが」


笑えているから、傷ついていない。そんなことはあり得ない。

無理をしているだけだ。
でも、彼女の想いを受け取れない俺は、無理をするなとも言えない。
だから俺は時雨の物わかりの良さに甘えて——

「……そうか。わかってくれたならよかっ——、……ん？」

んんん？
あれ？
何か今、ヘンな言葉が引っ付いていなかったか？

「なあ時雨。今はまだ、って言った？」
「……？　はい。言いましたけど」

こくりと肯定する時雨。
それに俺の胸中がざわつく。
おい、おいおいおい、それってつまり……

「もしかして、俺を、諦めるつもりはないのか？」

「もちろん。おにーさんが姉さんにお熱なのは初めから知っていたことですし、たかが一回フラれたくらいでは諦めませんよ」


な、なんだとお⁉

な、なにを当然でしょって感じのテンションで言ってるんだ⁉


「いや、いやいやいや！　ちょっとまて！　言ってるだろ⁉　俺は晴香が好きなんだって！」

「はい。それは聞きましたよ？」

「だから、時雨の気持ちには応えられない」

「はい。それもわかっていますよ？」

「じゃ、じゃあ……俺のことは諦めて、別の男を探してくれって話をだな……！」

「え、そんなの嫌ですよ？」

「なんでそんなあっさり⁉」

だが困惑する俺に時雨の方も困ったような顔を向けてきた。

「なんでもなにも、一晩枕を濡らして寝れば忘れる程度の気持ちで、姉の彼氏であり自分の兄である相手にこんなことするはずがないじゃないですか」

い、いや、それはそうかも、だけど……。

「そもそも、ここで私が『はいわかりました。おにーさんを好きな気持ちは綺麗さっぱり忘れるので、明日からまた元の兄妹に戻りましょうね』なんて言って、実際明日から忘れたようにふるまったとしても、おにーさんはそれを信じられます？」

「うっ、ぐ」

俺は返す言葉に詰まった。

時雨の言っていることは全く否定のしようがない正論だったから。

「まあいいじゃないですか。私がおにーさんのことをどう思っていたところで、結局おにーさんが私に振り向かなければそれで終わる話なんですから」

「そ、それはそうかもしれねえけど……」

「それとも――私に好意を向けられると、弱いよわーいおにーさんは姉さんを捨てて私に靡きそうになっちゃうから困るんですかぁ？」

「な、ばっ……！　馬鹿野郎！　そんなことあるわけねえだろ‼」

「なら、別に私が片想いしていても構いませんよね？」

今までのいじらしい表情を一変。『にゃぁ』ってな感じのいつもの底意地の悪い笑みを浮かべる時雨。

な、なんか開き直ってないか、この妹！

まあ、でも……実際問題この話は時雨の心の中の話だ。

さっき時雨が言っていたように、ここで綺麗さっぱり忘れましたと言質をとったところで、そんなの何の保障にもなりはしない。

だから俺は自分の意志の強さを示すように言ってやる。

「っ、ああ好きにしろ。でも言っとくけどな、不毛な時間だからなそれは！　妹なんかにどう思われても俺は晴香が一番好きなんだ！　その気持ちが変わるなんてありえねーよ！」

「そのわりには私がキスしているときの抵抗がずいぶん少なかったように思いますけど」

「ぐはっ」

き、気付かれてるじゃん……！

「『俺が本気の愛情を返すのは晴香だけだ』とかカッコイイこと言っていましたけど、その三十秒ほど前までとろーんとした可愛いお顔でなすがままになってたの、私は覚えてますからね？」

「ぐぉぉおおぉ」

やめてくれその攻撃は俺に効く。

……いやほんと、なんで最初に抵抗しなかったんだよ、俺は！

ぶつけられた気持ちの大きさに動揺して呑まれていたのか。

とにかくなんて情けない話だ。時雨の目の前でどんなマヌケ面を晒していたのか。考えるのも恐ろしい。

そんなふうに悶絶する俺に、時雨は少し真面目な顔に戻って言った。

「でも、さっきのキスは私も反省しています。正直気持ちが高ぶりすぎて自分でもびっくりするほど自制がきいていませんでした。あんなふうにおにーさんの気持ちを無視して無理矢理奪った口づけに意味なんてないのに……バカですよね。だからあんなことは二度としません。

約束します。――次のキスは、おにーさんからしてもらえるよう頑張りますね♡」
「ッ～～～～……！」

自分の下唇に人差し指を押し当て、唇を尖らせる時雨。
その仕草に俺は自分の顔がかぁっと熱くなるのを感じ、たまらず時雨から目を逸らす。
触れただけで形を変える湿った唇。
その肉の柔らかさと温かさが、確かに俺の記憶に刻まれていた。

そう。晴香とのキスの感触を塗り潰して。

恋人とのキスは思い出せず、妹とのキスが忘れられない。
自分の現状に眩暈がする。
こんな有様で俺は大丈夫なのか。
時雨と兄妹として生活することができるのか？

ようやく慣れ始めてきた、彼女と瓜二つの妹との生活。
その往く先に立ち込め始めた梅雨の空よりもどんよりとした暗雲。

でも……俺はこのとき知らなかったんだ。

この暗雲すらも、——これからやってくる大嵐の前触れでしかなかったのだということを。

カノジョの妹とキスをした

I kissed My Girlfriend's Little Sister❤

第十六話　あまあま×ポイズン

『あの、佐藤君。あたしのこと覚えてる？』


星雲高校は街の一番高い丘の上にある。

その丘からフェンス越しに街を一望できる校舎裏。

桜が七分咲きになったその日の放課後、俺は見覚えのない普通科の女子に呼び出され、そんなことを問いかけられた。

その答えを探るべく、異性からの呼び出しという今まで縁のなかったイベントに内心パニックだった俺は、それを顔に出さないよう精一杯取り繕いながら女子を見る。


まるで作り物のように整った目鼻立ち。

風にさらさらと靡く黒い髪。

そしてモデルみたいに高い位置にある腰と、スラリと伸びた細い脚。

よくよく見てみると、お相手はとんでもない美少女だった。

はっきりわかる。

こんな知り合い、俺にはいない。

こんな可愛い女子と会話したことがあったら、それは中学からこっち女子とまともに会話したことのない俺にとって大事件だ。流石に忘れることはない。実際今日のこのイベントは俺の高校生活に燦然と輝く記憶になるはずだ。

だから俺は知らないと、それはもうキョドりながら答えた。

これに彼女は残念そうに眉尻を下げて、

『あ、あぅ……。だよね。小学生の頃のことだもんね。ほら、四年生のとき学童保育で一緒だった才川晴香だよ』

俺はびっくりした。

才川。その女子のことは覚えている。

母親が死んで間もなく、親父が忙しい時期だったことも重なって、俺は四年生の一年間、学童保育（小学校の中の託児所のようなところ）に預けられていた。

そこに居た唯一の同学年の生徒だ。

でも俺がびっくりしたのはその数年越しの再会じゃなくって、才川の印象が俺の記憶にあるものと全く変わってしまっていたことに対してだ。

というのも俺の記憶にある才川は、こんなにも、ただそこに立っているだけで絵になるような強い個性を持った少女ではなかったからだ。

そりゃ成長期なんだから変わりもするだろうが、もっとこう、人間としての輪郭がのっぺりというか、ぼんやりとした女子だったはずだ。


『そう、かな。……まあ小学生の頃は、色々あって佐藤君と逢うまで暗い感じになってたから』


暗い。そうまさに暗かった。

いつも悲しそうな顔、痩せぎすな身体とあまり手入れのされていない伸びっぱなしの髪。

見ているだけで暗い気持ちになる女子だった。


学童保育は性質上低学年が多くて、才川は年下の子供達のテンションについて行けず、かといって子供達も年上の才川に積極的に絡もうとはしなかったので、学童保育で才川はいつも一人浮いていた。

俺が才川に積極的に絡んだのも、それを可哀そうに思ったのが理由だったはずだ。

俺は才川に色んな遊びを持ちかけたり、図書室からマンガを持ってきて一緒に読んだり、無意味にくすぐったりした。

いつも暗い才川の顔に色んな表情をさせるのが楽しかったんだ。

それはよく覚えてる。


とはいえ、それも学童保育の間の一年間だけのことで、学童保育を出たあとはクラスメイトの男友達と遊びまわることに夢中になって顔を見に行った覚えもない。

だからこうして名指しされないと思いだすこともないような記憶だった。

のだが――


『でもあたしは覚えてるよ。そんなふさぎ込んでるあたしを佐藤君が元気づけてくれたこと。だって、それがあたしの……初恋だったから』

その言葉の衝撃を俺は生涯忘れることがないだろう。

『あの、今、付き合ってる女の子とか、……いる？』

自分という人間に愛情を向けてくれる他人が、この世界にいた。
それを知った初めての瞬間だったのだから。

×　×　×

「…………」

夢を見た。
つい二ヵ月ほど前、晴香に告白されたときの記憶だ。
この夢を見ること自体は別に珍しくもなんともない。
何しろ中学生の頃からずっと欲しかった彼女が出来た瞬間だ。
そりゃもう最初の一ヵ月くらいは毎日のように思いだしてニヤニヤしていたもんだ。
……でも、今日はニヤつけなかった。
そりゃそうだ。昨日あんなことがあったんだから。
大切な恋人以外の女子とキスをするなんて。

むしろ晴香に対する罪悪感のようなもので胸を締め付けられる。

いや、まあ、断じて俺が悪いわけじゃないんだが。


「あっ、おはようございます。おにーさん」


そう、悪いのはコイツだ。

キッチンから聞こえてくる声に目を向ける。

そこにはいつもの朝と同じように、朝の陽光に照らされながら料理をする時雨（しぐれ）が立っていて、

う……っ。


それを見た瞬間、俺の唇に昨日の熱さが蘇（よみがえ）ってきた。

気恥ずかしさに目を逸（そ）らしながら、俺は返事をする。


「お、おはよう……」

「ずいぶんと遅いお目覚めですね。昨日は私がお風呂（ふろ）からあがったらもう寝ていたのに」

「疲れてたんだよ……」

誰かさんのせいでな。

ちなみに寝ていたというのは時雨の勘違いだ。

一度間を空けたら時雨ともう一度顔を合わせるのが気まずくなって、狸寝入りを決め込んでただけだ。

ぶっちゃけ眠れたのは朝日が昇り始めてからくらいだったりする。

「じゃあお寝坊なおにーさん。起きたらさっさと布団をどかしてテーブルを用意してください。もう朝食は出来ていますよ」

「あ、ああ……」


時雨にそう急かされて、俺は動き始める。

居間に敷いた布団をたたんで、テーブルを出す。

そこに時雨の作ってくれた朝食を並べ、一緒に食卓についた。

「いただきます」

「……いただきます」

今日のメニューはオーブンで火を入れカリカリにしたバタートースト、半熟の目玉焼き、ソーセージ、そして色鮮やかなサラダの盛られた一皿に、コーンポタージュのスープとコーヒーが添えられている。

コーンポタージュは買い置きのインスタントだろうが、コーヒーフレッシュとパセリで彩(いろど)りにひと手間加えられていて、まるでホテルのモーニングプレートみたいで実に美味(おい)しそうだ。

日常の一部として当たり前に享受(きょうじゅ)していたけど、こういう充実した食事を用意してくれるのも、俺のことが好きだから……ということなんだろうか。

時雨の気持ちを知った今では、自然と意識してしまう。

「…………」

「……………………」

そして意識しだすと、時雨の顔がますます見れなくなる。

というか俺、今朝(けさ)起きてからずっと時雨から目を背(そむ)けてないか。

こうなると当然会話がなくなる。

佐藤家の食卓は、かつてない重苦しい沈黙に包まれていた。

……き、気まずい。

「に、ニュースでもみようかな」

沈黙に堪えかね、俺は環境音を求めテレビをつける。
世の中の動きなんてもんに興味はないけど、時雨という存在から俺の気を紛(まぎ)らわせてくれるならなんでも――

『――それでは次のニュースです。俳優の片岡信一(かたおかしんいち)さんが一般女性と不倫関係にあったことが週刊誌によりスクープされました。片岡さんはこのことに関して「報道の内容はほぼ事実です」と認め「妻に対して申し訳ない気持ちでいっぱいです」と釈明し――』

あ゛ーーーーーーーーーーーーー!!!!

「ぷっ、あは、あははははっ」

「……!」

とんでもない地雷を踏みぬいてしまった俺が内心で絶叫していると、堪えかねたかのように時雨が肩を揺らして笑いだした。

「もーなんなんですかさっきから。おにーさんキョドりすぎ。私のこと変に意識しすぎでしょう。あーおかしい」

「ぐ、し、仕方ねえだろ。お前が昨日あんなことするから……」

「言ってるじゃないですかー。もうあんな無理矢理なことはしないって」

だからといって、自分のことをあんなに強く求めるほど愛してくれてる女子が目の前に居れば、落ち着かないことに変わりはねえよ。

「なあ。やっぱりこんなのは良くねえって」

「こんなのとは、私がおにーさんに片想いをしていることですか?」

「ああ。だって俺達は兄妹になって一緒に住んでること、晴香にまだ話せてないんだぞ」

双子の妹と彼氏が親の再婚で義理の兄妹になって一緒に住んでいる。

もちろんこれは親同士の再婚という俺達子供の意思ではいかんともしがたい事象の結果なので、後ろめたいことはない。それは晴香も理解してくれるだろう。でも理解できることと平気なこととは全く別の話だ。

だから俺と時雨は、この関係を打ち明けたとき晴香にかかる負担をなるべく少なくするため、打ち明けるのは両親帰ってくる一年後を目安にしようと談合した。

晴香のためを思って、だ。

……でも、

時雨が俺のことをそんなふうに見るとなると、この隠し事の意味合いも変わってくる。

「こんなの、晴香に対しての裏切りじゃないか」

「……そうですね。確かに裏切りです。でも裏切っているのは私だけ。おにーさんはちゃんと私を拒絶したんですから、気にするようなことではないでしょう」

「で、でもよぉ……」

「……まあおにーさんを好きな気持ちを忘れられなくても、冷ますことならできるかもしれませんね」

「ほ、ホントか！　それはどうやったらいいんだ?!」

「毎朝顔の形が変わるまで殴られたら冷めるんじゃないですかね」

「できるかァーッ‼　お前絶対に俺がソレできないのわかってて言ってるだろ！」

「できないことを強要しているのはお互い様ですぅー」


ぷくーっと可愛らしく頬を膨らませて不満を露わにする時雨。

……まったく、つい二ヵ月前まで同世代の女子と話すことなんてほとんどなかった俺が、双子の美少女姉妹両方から好意を向けられるなんて。

正直信じられない。

これがモテ期ってやつなのか。

俺は深くため息を吐く。

というかそもそも、時雨は俺なんかのどこがいいんだろうか。


「……あのさ、俺の何が好きなわけ？」

「聞きたいんですか？」

「聞いてみたいな。だってこの間言ってたじゃん。背が180センチあってシュッとしてる塩顔の金持ちを彼氏にしたいって」

「言いましたね」

「俺は背は170もないぞ」

「そうですね。同世代でもそんなに高くない方ですね」

「シュッとしてるというよりは痩せてるだけだし」

「そうですね。おにーさんヒョロいですよね。頼りがいがなさそうです。筋トレしたらどうですか？」

「あと顔もいまいちだし」

「わりと塩顔系だとは思いますけど若干藻塩感ありますよね。不純物が混じってるというか。まあイケメンではないですね」

「そして金もない」

「アハハ。デートでラーメン屋とか連れていかれそうー」


あれ？

もしかしてコイツ俺のこと嫌いなんじゃね？


「でもその全部が好きですよ」

「嘘を吐くな」

「嘘じゃないですって」

言うと時雨は居住まいを正して、俺の方を見た。

その視線に俺は息を呑む。

向けられる時雨の瞳に、昨日と同じ、見つめていると溺れそうなほどの愛情が湛えられていたから。


「おにーさんの顔が好きです。考えていることがすぐ面に出てきてとっても可愛いから。おにーさんのそんなに高くない背が好きです。可愛いお顔を近くで見ることができるから。おにーさんの細い腕が好きです。そんなに力があるわけでもないのに、いつだって私より重たい荷物を選んでくれるから。

おにーさんの見栄を張らないところが好きです。自分のキャパシティが決して大きくないことを知りながら、それでもできる範囲で精一杯誠実にあろうとしているのが伝わってくるから」

「え、あ……あの、」

「作ったご飯を美味しそうに食べてくれるのも好きです。毎食欠かさずごちそう様って言ってもらえるのが本当に嬉しいです。

勉強を頑張る姿が好きです。将来のことをちゃんと考えられる真面目な人はとっても素敵だと思います。

私が意地悪をしても、その後ろにある好意にちゃんと気付いてくれるのが好きです。私のこと、よく考えてくれてるんだなって思うととっても幸せな気持ちになります。他にも——」

「や、も、もういい！　もう、十分だ、です……」

大真面目な顔で、なんて恥ずかしいこと言うんだ……！

……やばい。あ～、やばいやばい。

顔から火ぃ噴きそう。

俺は思わず顔を手で覆（おお）った。

うわ、顔めっちゃ熱い。

「おにーさんはおにーさんが思っているよりずっと魅力的な男性ですよ。それは私と、姉さんが保証します」

「っ～～～～」

邪気のない笑顔でそう言ってくる時雨。

だけどそれも一瞬で、時雨はすぐ意地悪な顔になる。

「あっ、テレビ見てくださいおにーさん。朝の星占い。おにーさんの星座、親しい異性との関係が進展するかも、ですって。これは昨日の今日でさっそく私の唇が恋しくなっちゃうんですかね？」

「バ、バッカ野郎！　んなわけねーだろ！」

全力で否定（ひてい）するが顔は熱いままだ。

コロコロ表情を変える時雨に、俺の心は朝から振り回されっぱなしだった。

×　×　×

二人きりの家はもちろん、学校に行っても俺の頭の中は時雨のことでいっぱいだった。

俺達は兄妹であることを晴香だけじゃなく、同級生達にも隠している。

クラスメイトの変な妄想に使われたくない時雨と、晴香に伝える時期を選びたいという俺の利害が一致した結果の協定だ。

だから時雨も学校では積極的に俺には絡んでこない。昨日あんなことがあったからそれもどうなるかと思ったが、「無理矢理はしない」と言った言葉通り、時雨は普段と変わらない同級生以上友達未満な距離感を保っていた。

だが、いくら時雨が普段通りにしていても、俺の方はそれを普段通りに受け取ることができなくなっていた。

気が付けば時雨を目で追いかけているし、時雨の声が聞こえてくると緊張する。

時雨がクラスメイト相手に実に似合わない接客顔で談笑しているのを見ては、本性を見せていることそれ自体が彼女の好意の表れなんだろうか、なんてことを考えたりしちゃっている。

相手の言動の端々に自分への好意を意識するなんて、これじゃあまるで俺の方が片想いしているみたいだ。

晴香に申し訳がなさすぎる。

だって逆の立場で考えてみろ。この人、本当にあたしのこと好きなんだなぁ、なんてどこかの馬の骨の告白を引き摺(ず)っている晴香の姿を。

……想像するだけで胃に穴が開きそうだ。

俺がこんな有様(ありさま)になっている原因はわかってる。

あのキスだ。

あのキスの毒が……俺の身体に今もまだ残って、俺を蝕んでいるんだ。

一刻も早くこの毒を取り除かないといけない。

その方法は、ハッキリしている。

晴香とキスすることだ。

晴香にもう一度キスしてもらって、唇に残る時雨の感触を塗り潰してもらえれば、きっと俺は元の俺に戻れるだろう。

昨日までの、晴香のことで頭がいっぱいだった俺に。


だから俺は教師の目を盗みＬＩＮＥで晴香に晩御飯のお誘いをかける。

そして程なく晴香から返ってきた『部活が長引くかもだけど、待っていてくれるなら』という条件に迷いなくＹＥＳを返したのだった。

カノジョの妹とキスをした

I kissed My Girlfriend's Little Sister❤

第十七話　8PM×エチケット

晴香（はるか）が部活が遅くなると言うときは大抵閉門時間の午後八時まで長引く。

だから俺（おれ）は図書室が開いている六時まで宿題や自習で時間を潰（つぶ）し、そのあと丁度部活上がりだった剛士（たけし）と学校から徒歩10分ほどのところにあるゲーセンで遊んだ。

そして閉門時間少し前に、晴香の所属する演劇部へ向かう。


演劇部は体育館脇（わき）のプレハブ小屋にある。

部員達はいつもそこで体操服に着替えて、体育館の舞台で練習をしている。

今日もバレー部やバスケ部はもう帰ったというのに、まだ演劇の練習を続けていた。

晴香を含め、部員達は皆、頭から水バケツでも被（かぶ）ったのかと思うほど汗だくになりながら声をはりあげている。

……こういう情景を見ると、やっぱり演劇部は文化系とは程遠いと感じるな。

「あ、カレシ君じゃない。久しぶりね」

「部長さん。こんばんわ」

「晴香待ち？　悪いねー。恋人達のアフターファイブを邪魔しちゃって」

三年生の先輩が、近づいてきた部外者の俺に気さくに声をかけてくる。

男の俺よりやや高い上背に、腰まで伸びたウエーブの掛かった黒髪、やや眠そうなたれ目に大きな涙袋が印象的な影のある美人。

演劇部の中で一人だけ制服を着たままの彼女が、この部の部長だ。

晴香目当てで何度か演劇部には足を運んでいるので、ここのメンバーには俺と晴香の関係を知っている者も多い。彼女もその一人だった。

「晴香ここんところ凄くいい感じよー」

「聞きました。味のある大根になって褒められたって」

「あははー。そうそう。一年の頃はガワはいいけど舞台映えはしないつまんない子だなーって感じだったの。なんていうか、嘘を吐くのが下手なのよねあの子。だから演じてる感が傍から見てもわかっちゃうわけよー」

それはなんとなくわかる。

晴香は時雨と違って思ってることがかなり顔に出る。

役者ってのは言ってしまえば身体全体で嘘を吐くのが仕事だから、晴香にはあまり向いていないのかもしれない。


「けど最近はいい感じに生っぽくなったわあの子。下手なのは相変わらずだけど、個性が感じられるようになった。半端な技術で覆い隠されていた個性が浮き上がってきた、っていうのかな。これだけ面白い演技ができるなら、晴香を主演に一本書いてみてもいいかもしれないわねー」

「ええ！　マジですか！」

「マジマジ。もう最近の晴香を見てるとこう、私の中の創意がムクムクと刺激されるのよね。この可愛い恋する乙女を……どんな悲劇で弄んでやろうかって！」

「ええ……マジですか……」

「それもこれもカレシ君が晴香に男を教えてくれたおかげよ！　ありがとう！」


言いかたァ！

「そんなもん教えてないですからっ！」

「あ、そうなの？　じゃあ悪いんだけど夏休みにサークラ女の役をやってもらうことになってるから、それまでにエッチしておいてね」

「しねえよ⁉」

「私にチンポがついていれば話が早かったんだけどねー」

「させねえよ‼」


ちなみに、言うまでもなく俺はこの人がすごく苦手だ。

なんというか、時雨もそうなんだけど、女子に下ネタを振られるとどうしていいかわからないんだよ……。

それも美人だとほんと困る。


「あっ！　博道（ひろみち）くん！」

困っていると晴香が俺を見つけてくれた。

彼女は俺の姿を見るや、乱れた髪をさらに乱しながら、俺の傍に駆け寄ってくる。

「迎えに来てくれたんだ！　ごめんね。練習が長引いちゃって」

「いいよ。晴香が頑張ってるところ見るのも楽しかったし。これ差し入れ」

「えへへ。ありがとう！」


俺がゲーセンから戻ってくる道すがら、コンビニで買ってきたスポーツドリンクを受け取ると、晴香は頬を緩ませて嬉しそうに笑う。

時雨のドキッとするような妖艶な微笑みじゃない。見ているこっちの気持ちまで温かくなるような晴香にしかない表情だ。

この晴香の顔が、俺はもうめっちゃ好きだ。

人前じゃなかったら抱きつきたいくらいで――


「エモーーーーいッ!!」

「キャッ!?　ぶ、部長!?」


そんなことを思ってたら俺の横にいた部長がいつも眠そうにしている目をいっぱいに見開き、血走らせ、鼻息荒く晴香に抱きついていた。

な、ななにしやがるんだこの女！

「今の表情イイ！　とってもエモいわ！　ちょうだいちょうだいそういうのもっとちょうだい‼　その表情忘れないうちにもう一回通し稽古やりましょう！　さあみんなも準備して！」

「ええっ！　もうすぐ八時ですよ⁉」

「また部長の病気が始まったぞ……」

「いい加減先生に怒られますって！」

「そのときは私が全裸で土下座して許してもらうから問題ないわ！」

「いや問題しかねーですよそれ⁉」

「おいこら演劇部！　いつまで学校に居るつもりだ！　早く帰りなさい！」

「ほら生活指導が来た！　言わんこっちゃない！」

「よっしゃここは私に任せろ！」

「きゃあああ！　みんな部長を止めてー！」

躊躇なくブラウスを脱ぎ始める部長。

ぎょっと目を剝く教師と慌てて押さえつけに入る部員達。

結局その日の部活は半裸の部長が生活指導室へ連行されたことで中止となったのだった。

×　　×　　×

俺と晴香が学校を出た頃には、夏至に近づき長くなった日も沈み切っていた。

街灯だけが照らす通学路を俺達は二人並んで歩く。

その道すがら、晴香は申し訳なさそうに先ほどの騒動を詫びてきた。


「ごめんね博道くん。うちの部長ちょっと変な人だから」

…………ちょっと？


「まあもう何回も顔出してるから、わりと慣れたよ」

「一応部員としてフォローするけど、あんな人だけど、すごい人なんだよ」

「それは知ってる。超有名人だからなあの人」


あんな変な先輩だが特進三年の首席で、しかも二年ほど前に小説の有名な賞を受賞して世間を大いに騒がせた現役女子高生作家でもある。

まあなんとかと天才は紙一重というやつなんだろう。

そんな談笑をしながら道を歩いていると、俺達の前から自転車がやってきた。

俺は晴香の手を引いて、道の端に避ける。

そのとき俺は自分が自然と晴香と手を繋いで歩いていたことに気付く。

「……えへへ。ありがと。こうして手を繋いで歩いてると、昨日のデートを思い出すね」

「あ、ああ……」

「昨日のデート、楽しかったなぁ。あたし、もう帰ってからもずっとドキドキしっぱなしで、全然眠れなかったよ。だから今日はちょっと寝不足なんだぁ」

「……俺も、結局朝方になるまで寝付けなかったな」

……やばい。罪悪感で血ぃ吐きそう。

だって晴香が俺とのキスでドキドキしている間、俺は時雨とキスしていたわけで、昨日寝付けなかったのもぶっちゃけそっちが原因だから。

しかもそれをいつまでもダラダラ引き摺って、丸一日時雨のことばかり考えている始末。

だけど、それもここまでだ。

俺はそう内心意気込む。

確かに丸一日ペースを崩されっぱなしだが、こんなもの、晴香にもう一度キスしてもらいさえすれば、立て直せる。

問題はいかにしてキスに持っていくか、だ。

そうだ。丁度昨日のデートの話が話題に出たわけだし、ここから繋げられないか？

「それでねー。今日の昼休み、大道具の運び出しをウェイトリフティング部に手伝ってもらったんだけど、剛士君ってばアンプでダンベル運動始めるもんだから部長に怒られてねー」

い、いかん。

考え事をしている間に話題が昨日のデートから筋肉に変わっていた。なんてことだ。

さすがにそこからキスへ派生させる話術を俺は持っていない。

「アイツは手ごろな重さの物を掴むとすぐ筋トレ始めるからな」

「ストイックだよねー」

「ああいうのはジャンキーっていうんだと思うぞ」

相槌を打ちながら俺はキスのきっかけを探すが、話題がなかなか筋肉から脱出できない。

もういっそ不意打ちで唇を奪うのはどうだろう。

こう、会話の途中で突然肩に手を回して、胸元にがっと巻き込んで、優しくキス。


ごめん。俺の前で他の男の話をしないで。なんて。


……ああ、うん。はい。クソキモい。

想像するだけで蕁麻疹が出てきそうだった。

こういうのは友衛みたいなイケメンにしか許されないヤツだ。身の程を弁えろ佐藤博道。


もっと現実的な方法を考えるべきだ。

そうだ。そもそも昨日はどういう流れでキスできたんだっけか。

俺は記憶を手繰る。


確か……デート自体は全体的に結構ギクシャクしてたんだ。

お互いがキスのことを意識しすぎて、なんだかぎこちなかった。

でも……駅前で別れ際、意識するだけで何もないまま解散になりそうになったとき、これじゃ駄目だと、そう思って……晴香の手を掴んだんだ。

そして言った。

このまま帰したくない、って。

そしたら晴香も、あたしもこのまま帰りたくない、って。

それで自然と唇が――――って、

昨日の俺すっっっげえな⁉


思い出して自分でびっくりしてしまった。

どこからそんなクソ度胸が出てきたんだろうか。

でも、昨日の自分にできて今日の自分にできないということはきっとない。

それに有益なことも思い出せた。


「そうだ。晩御飯一緒に食べようって言ってたけど、博道くんもうどこに行くか決めちゃってるの？」

「い、いや、それは晴香に相談して決めようと思ってるけど」

「だったらね、どうしても今行きたいところがあるの！　そこでもいい？」

「ああいいよ。晴香の行きたいところで」

「やったー！」

有益なこと。それはチャンスは別れ際にこそ訪れるということだ。
今日はもう逢えない。その恋しさが相手を求める気持ちを強くするんだ。
そもそも逢ってすぐキスをせがむのは拙速に過ぎる。
ガッつくな。
欲しがりすぎて晴香に引かれてしまったら元も子もない。
俺は晴香とキスしたいあまり焦っていた自分を窘める。
大丈夫。
星占いでも言っていただろう。親しい異性との関係が進展するかも、って。
信じてじっくりチャンスを待とう。
昨日できたことが今日できない理由なんてないんだから。
別れ際には絶対にそういう雰囲気になる。絶対だ。

×　×　×

「それで、晴香の行きたい店ってどこだ？」

「はー。おいしかったねー。ヤサイニンニクマシマシラーメン！」

「…………………そうだな」

もうぜってー信じねーからな、おめざめテレビの星占い！

店から出たあと、晴香と一緒に駅のホームまで来た俺は心の中で叫んだ。

……まあ会話の通りだ。

晴香のリクエストした店は駅前のラーメン屋だった。

……正直今日ラーメンは遠慮したかった。でも、その店は駅前に最近オープンした店で、前々から通りがかるたび行ってみたいねと晴香と話していたところで、なにより晴香の行きたいところでいいと一度言った手前断れなかったのだ。

当然、そんなものを食べた後にキスはねだれない。マナーが悪い。

つまり、今日俺がひそかに抱いていた目的は、ご破算となったわけだった。はぁ……。

「……晴香ってさ、ラーメン好きだよな」

「うん。好きー。やっぱりあんな部活してるからかな。部活終わった後はもうラーメンを食べたくて食べたくて仕方なくなる時があるの。今日みたいに。身体が水分と塩分と油分をよこせーって叫んでる感じで」

「確かに、あれだけ汗をかいていたらそうなるよな」

「博道くんもラーメン好きでしょ？　デートでも結構行くし」

「まあ学生の財布でごちそうってレベルの飯が食えるのはラーメンくらいだし、晴香も喜んでくれるから。ただ考えてみたら女子でラーメンが好きってのはあんまり聞かないから、結構珍しいなって思ってさ」

「え？」


この俺の言葉に晴香はきょとんと目を丸くした。


「そんなことないよ。女子だってみんなラーメン好きだよ。演劇部女子多いけど、みんなラーメン大好きだよ」

「そうなのか。意外だな。脂とかニンニクの匂いがイヤだとか、そういうイメージだった」

「あ、確かにニンニク抜きを頼む子は多いかな。もったいないよねー。入れた方がゼッタイにラーメンは美味しいのに。あ……。もしかしてラーメンにニンニク入れる女の子は、嫌い？」

途端、晴香の表情が曇る。
いけない。
計画がご破算になって気持ちが落ちたせいで愚痴っぽいことを言ってしまった。
俺が晴香とキスしたいのは、時雨に振り回される俺の心の弱さが原因だ。
晴香は悪くないのに、こんな顔させるなんて、なにやってんだよ。
俺は慌てて晴香の心配げな問いかけを否定した。

「ないない！　全然そんなことない！　ってか一緒に食べたら匂いなんてわかんねーし。だから気にせず好きなモノ食べてくれよ。美味しそうにラーメン食べてる晴香、可愛いから」
「かわ……！　そ、それは、不意打ちだよ……っ」

え、あ……。
うわ。慌てすぎてアクセルを踏みすぎた。
今ものすごく自然に可愛いって言葉に出てしまった！
俺みたいなもっさりした奴に到底似合わないキザッたらしいセリフが！

「ご、ごめん」

頬をぽっと赤くして恥じらう晴香の姿に、俺も恥ずかしくなってたまらず謝る。
すると、晴香は途端に「むっ」と拗ねたような顔で俺を見上げた。

「ごめん、じゃない。もっと、いってほしい……」

あっ、ああっ、ぁぁ……（語彙力低下）
やばい、俺の彼女、ヤバいくらい可愛い。
お望みならいくらでも言うともさ！
でも、俺がやる気になった直後、ホームに電車が到着するアナウンスが流れてきた。
なんて空気の読めない電車だ。
結局俺達は、特に何も無いまま別れることになった。

「残念……。今日はもうお別れだね」
「……ああ。また明日、学校でな」

言って俺は物足りなさを感じながら、電車に乗り込む晴香に手を振る。

するとと晴香はくるりと向き直り、

「あのね博道くん。あたし、昨日みたいなドキドキして眠れないような特別なデートも好きなんだけど、こうして博道くんと学校帰りにご飯を食べに行くデートも好き！　だからまた誘ってね！」

「あ、ああ……。もちろん」

そう返すと、晴香は嬉しそうにはにかんだ。

本当に嬉しそうに。

同時にドアが閉まり、晴香は俺の家と反対方向へ遠ざかっていく。

俺はホームから電車が見えなくなるまで見送って、

「っ～～～～……」

……ゾッとした。

だって、今日の飯デートを心から楽しんでいた晴香に比べて、俺はさっきまで何も、何も、無いまま

なんて、満たされなさを感じていたのだ。

ほんの少し前まで、手を繋ぐだけでお互い顔を真っ赤にしていたのに。

悪い意味で、俺だけが大胆になっている。

晴香と同じ時間を同じように楽しめなくなっている。

間違いなく、時雨のあのむき身の感情を叩きつけるような、危うく、しかし痛ましいほど情熱的なキスのせいで。


……ヤバい。ヤバイヤバイこれは、ダメだ！


居心地が悪いとか、時雨のことを考えすぎて晴香に申し訳がないとか、事はそんなレベルじゃない。

時雨の愛情に、俺の中の価値観が変えられている。

俺という人間が、壊されている。

猛毒だ。これは比類ない猛毒。

これ以上の摂取は取り返しのつかないことになりかねない。

なんとか、なんとかしないと……！

×　×　×

俺と時雨が暮らす、平成を素通りしてきたような昭和感溢れる木造二階アパート。

軋む階段を上り、ドアの前で俺は大きく深呼吸する。

これ以上時雨の愛情に晒されるのは危険だ。

心を変えられてしまう。

そうならないために俺がとれる行動はもう一つしかない。


時雨に嫌われることだ。


今朝、時雨は俺への恋心を忘れるのは無理だけど、冷ますことはできると言った。

その方法でずいぶんと吹っ掛けてきたが、殴るのはやりすぎにしても、言っている言葉自体は的を射ている。

その人間に失望すれば、恋心は冷める。

つまり、…………俺は今日から粗暴な兄になるのだ!!


「オラー！　今帰ったぞコラー！」

俺はドアを引き千切るように無駄に強く開いた。

そして床を踏みぬかんばかりの足取りで家に上がり込む。

「オウオウオウ。兄貴が帰ったっていうのに出迎えも無しか、コラァ！　ちゃんと風呂は沸かしてあるんだろうなオラァ！」

……なんか、なんか違う気がする！

これは粗暴な兄というより、酔っぱらった亭主なのでは？

でも反抗期というものを経験してこなかった俺の想像力ではこれが限界だった。

まあ、見る人間を不愉快にさせることには変わりないだろうし、ここはもう強行だ。

「オウオウオウ、なにシカトぶっこいてんだコラァ！　いるんだろ時雨ェッ！」

……だけど、反応がないな。

出かけてるのか？

いやそれはない。時雨は家の鍵を開けっぱなしにしたまま出かけたりしない。

じゃあ部屋で音楽でも聴いてるのか？

「いいかげん返事しねーとプリンやらねーぞ！　まあ今日は俺が二つ食うけどな！　いつまでも俺が譲ってくれると思うなよッ！」

これを言うためにわざわざ買ってきた3Pパックのプリンが入ったビニール袋を振り回しながら、俺は居間に押し入るように入る。

そして、――そこで見た。

居間と繋がっているキッチンの板張り。

そこに力なく倒れ込んでいる時雨の姿を。

「し、時雨ッッ⁉⁉」

カノジョの妹とキスをした

I kissed My Girlfriend's Little Sister

第十八話　かぜひき×シスター

「38・5℃……。結構高いな」


一夜明けた朝、熱を測ってみると見事に高熱だった。

時雨は風邪をこじらせていたのだ。

聞けば昨日の昼あたりから少しずつだるさを感じ始め、夕方帰宅したときにはすでに熱があったらしい。

自分の部屋の布団に横たわりながら時雨はため息を吐く。


「これは、週末雨に降られたのが祟りましたねぇ……」

「昼間晴れてたから傘を持って行ってないのは仕方ないにしろ、どこかで買えなかったのか」

「どうなんでしょうね？」

「なんだよそのふわっとした返事は」

「いえ、実はそのあたりのことあんまり記憶にないもので……」

聡明な学年次席さんにしてはらしくないことを言う。

「そういえば聞いてなかったけど、週末お前は何しに駅まで出てきてたんだ？　普段着ないような服まで引っ張り出してさ」

「……んー。秘密です」

「なんだよ水臭い」

「今となっては格好のつかない話ですし。女の子には秘密がいっぱいあるんですよ。けほっ」

風邪が喉（のど）を腫（は）らしているのか、苦しそうに咽（む）せる。

……どうして時雨があんなデートに行くみたいなおめかしして繁華街に居たのかは少し気になるが、あまり喋（しゃべ）らせない方がいいだろう。

そう思って俺（おれ）は追及をやめる。

「……そういうわけですからおにーさん、今日は学校はお休みします。先生にはおにーさんから説明しておいてもらえますか？」

「ああ、わかった」

「あと、おにーさんのご飯ですけど冷蔵庫に――」

「そんなこと今日は気にするな。大人しく寝てろ。氷枕また作ってやるから」

「……はぁい」


火照った額をぺちぺち叩き、俺は余計な心配をする時雨を諌める。

これに時雨は大人しく従い、両目を閉じすぐに眠りにつく。

俺は一晩使って溶けてしまった氷枕を手に、時雨の部屋を出て、キッチンに向かう。

そしてゴム製の氷枕を軽く水で洗ってから、冷凍庫にぶち込んだ。

昼にはまた使えるようになっているだろう。

それから俺は冷蔵庫の扉を開ける。

中にはジプロックに入った鮭の麹漬けが収まっている。

昨日の夜倒れる前に下ごしらえだけは済ませておいたんだろう。


「……帰った時点で熱あるのわかってるなら大人しくしておけよバカ」

呆れてため息を零す。

よく他人にそこまで労力を尽くそうと思えるもんだ。

俺なんて自分一人で暮らしてた時、自分のためですら朝のパン一枚焼くのも億劫だったっていうのにな。

やっぱり、俺のことが好きだから、なんだろうか。

「……………まったく」

俺は大きくため息を吐くと、スマホで学校に連絡を入れる。

時雨の病欠と……その看病で欠席することを伝えるために。

×　×　×

時雨は食欲がないと言っていたが、食べないと治るものも治らない。

だから俺は時雨のためにお粥を作ることにした。

スマホを使ってさっそくレシピ検索。

出てきた一番上のレシピに書かれた材料を冷蔵庫から取り出す。

生姜はチューブのがある。卵も買い置きのがあった。

でもご飯とネギ、梅干しがない。

いやまて。

確かさっき氷枕を入れた時——


「お、あったあった」


冷凍庫を開くと、中には刻まれた野菜の入ったジプロックがいくつも突っ込まれていた。

ピーマン、ニンジン、シメジ、そしてネギ。

そして脇にはラップで包まれた手のひらサイズの冷凍ご飯が転がっている。

なるほど。

暇なときにこうやって備蓄をすることで、忙しい朝の時間でも充実した献立を用意できるようにしているんだな。

時雨の工夫に感心しつつ、俺はその備蓄からネギとご飯を拝借。梅干しはないがまあ仕方ない。


さっそくレシピ通りの手順でたまご粥を作る。

まあ鍋に入れて混ぜて煮るだけ。流石に料理スキルゼロの俺でもできる。

……ちょっと卵を割るのを失敗したけど、どうせ溶き卵にするのでノーカンノーカン。

いい具合に卵に火が通ったら、後載せで冷凍ネギを入れて完成だ。

生姜の香りが食欲をそそる、なかなか美味(おい)しそうなお粥に仕上がった。


一応味見してみる。

……うん。まあ、たいして美味(うま)いもんではない。

つーか味が薄い。

でもお粥なんてそんなもんか。

鍋の後にやる出汁(だし)たっぷりの雑炊とは違う。

……これはきっと、梅干しがない分が響いてるんだろうな。

もう少ししょうゆを足すか？　いや――


「そういえばアレが使えるんじゃね？」

ふと思いつき、俺は冷蔵庫からあるものを取り出し、滅多(めった)切りにした後お粥に載っけてみた。

「ん……！」

こりゃ美味い！

おいおい実は俺料理上手だったか？

これなら胸を張って時雨に食べさせられる。

俺は小鍋から茶碗にお粥をよそい、思い付きのトッピングを施して時雨に持っていく。


「……あれ？　おにーさん？」

「お。目が覚めたか。今丁度おかゆが出来たところだ」


時雨の部屋に入るときに踏んだ敷居が軋む。

その音に眠っていた時雨が目を醒ました。

時雨は俺の姿に目をしばしばさせ、チラリと時計を見てから尋ねてくる。


「……どうして学校に行っていないんですか？」

「先生になら電話で連絡しといたから安心しろ。ついでに俺も看病で休みますって」

「……たかが風邪で大げさですね。ずる休みしてると思われますよ？」

「普段真面目だし、先生は俺達が二人だけで暮らしてること知ってるから、そうは思われねえよ。それにたかが風邪でも、しんどい時は誰か傍にいてもらいたいだろ」

俺も長く鍵っ子だったからわかるんだが、体調を崩した時に一人で家にいるのは結構寂しいもんだ。

ゲームができるくらいの元気があれば話は違ってくるんだけどな。

「……そうですね。咳をしても一人、というのは辛いですからね……」

時雨も母一人子一人の鍵っ子だ。

通じるものがあるんだろう。

彼女はそう呟くと、少し嬉しそうに頬を綻ばせた。

俺はそんな時雨の横に座って、お粥の入った茶碗を差し出す。

「ほら、食べられるか？」

「それはこちらのセリフです」

「……どういう意味だコラ」

「えへへ……ジョーダンですよ」

いただきます。

一言お行儀よく言うと、時雨は湯気立つお粥をひと掬い。

息を吹きかけ熱を冷まそうとする。


「ふー、ふー……けほっ、」


でもその途中で咽せた。

いかん。これは少し気が利かなかったな。

俺はそっと時雨の手から茶碗と匙をとると、代わりに息を吹きかけて冷まして、時雨に突き付けた。


「ほら。口あけろ」

「……本当に手厚い看護ですね」

まあ俺も大げさだと思うけど、看護のために学校を欠席しているんだから、このくらいはしないとだろう。

時雨も苦笑しながら匙を受け入れるべく口を開く。

「っ……！」


瞬間、俺の皮膚が火で炙られたみたいにカッと熱くなった。

お粥を迎え入れるために開かれた桜色の唇。

その奥に蠢く、普段まず見ることのない真っ赤な舌。

唾液に濡れ輝く鮮やかな肉の色は、否応なくあの夜の光景を俺に思い出させて――


って……！　馬鹿野郎！　病人相手に何考えてんだ！


俺は一度瞼を食いしばるように閉じて、邪念を払う。

そして平静を装いながら、お粥を時雨の唇と唇の間に差し入れた。


「……おいしい」

「そ、そりゃよかった」

「刻んだ柴漬けが食欲をそそりますね。食べやすいです」

「う、梅干しがなかったから代わりに入れてみたんだ。やっぱ病人食っていっても、味がなさすぎると食べるのしんどいからな」

「おにーさんのアイデアでしたか。なかなかやりますね。私も今度真似しますす」


俺がアドリブで後載せした刻んだ柴漬けは時雨に好評だった。

料理上手な時雨に褒められるのは嬉しかったが、でも俺に喜ぶ余裕はあまりない。

正直、脳髄の奥を擽ってくる記憶に、表情筋が気持ち悪い動きをしないよう押さえつけるのに必死だったから。

早く終わってくれと内心思うが病人相手に急かすわけにもいかない。

時雨はゆっくり時間をかけて小ぶりな茶碗一杯分を完食した。

「ごちそうさまでした。とてもおいしかったです」

「お粗末様」

思わぬ試練に襲われたが、無事乗り切った。

何をもって何を乗り切ったというのか。

言語化は難しいが、なんか乗り切った気分だった。

俺は一つ息を吐くと、茶碗を片付けながら時雨に尋ねる。

「他に何か俺にしてほしいことあるか？　洗濯とか掃除とか、何でもいいぞ」

「……そうですねえ。掃除は……いいです。静かに寝たいですし。洗濯も今日は別に……」

思案する時雨。

まあ何も無いようなら俺の部屋で自習でもしてるか……。

と、考えていたら時雨が何か思いついたようだ。

「あ。じゃあひとつ、お願いしてもいいですか？」

「おう。なんだ」

「昨日はお風呂に入ってませんし、おかゆを食べて汗をかいて気持ちが悪いんで、パジャマを着替えたいんですけど」

なるほど。そりゃ確かに気持ち悪いわな。

今夏だし。この部屋にはエアコンもない。

「着替えを用意すりゃいいんだな。任せろ」

「いえ、それもなんですが。タオルで背中を拭いてもらえませんか？」

「え……」

……ああ、そうか。

確かに着替えるにしても身体を拭かないと結局気持ち悪さはとれないもんな。

特に背中は自分では手が回らないし。

「いいぞ。タオル持ってくるからちょっとまってな」

女子の身体を拭く、というフレーズはかなりドキッとするものがあるが、まあいっても背中だ。背中にはおっぱいもお尻も太もも、顔すら見えないわけで、ぶっちゃけ性差なんてあってないようなもんだろ。

童貞の俺でも別に意識することはない。

「じゃあおねがいします」

……そんなまったくもって見当はずれな考えは、自分の身体を抱くように腕で胸を隠し、むき出しの背中を俺に向けて座る時雨の姿を見た瞬間に霧散した。
同時に頭蓋の中の脳味噌が茹で上がりそうなほど顔が熱くなる。

……おいおい、なんだよ、これ。

少し赤みが差した白い肌。
ぞっとするほど華奢な肩幅。
片腕でどうとでもできそうなほど細っこいうなじ。
……男のものと、全然違う。
おっぱいも、お尻も、太ももも、顔すら見えない体勢。
だけど、……めちゃくちゃ『女の子』だ。

「っ、ぁ……」

見てはいけないものを見ている気分になる。
だけど引き付けられて、喉がカラカラに渇いてくる。

シャンプーのCMとかで女の背中なんて普通に見るのに。それを見ても何も感じたことはないのに。

すっげえ、綺麗（きれい）だ……。

心臓が痛いくらい高鳴っている。血が暴（あば）れている。
く、そ、想定外だぞ。背中が、こんなにもクルものだったなんて！
こんなの……触っていいのか？

「くしゅんっ」

そのとき、時雨が小さくくしゃみをした。
く、病人をいつまでも半裸にしてはおけない。
俺は食事を与えたときのように、ぎゅっと瞼を閉じて、覚悟を決める。
触るといってもタオルでだ。
直接触れるわけじゃない。
だから感触なんてわかりはしない。気にすることないんだ。

さっさと拭いて、服を着させよう。

「ん、ぅ……」

だが俺が時雨の背中、丁度肩甲骨の間にタオルをあて縦に擦(こす)ると、時雨の身体がその動きに合わせてグラグラ揺れ、苦しそうな声を漏(も)らした。

力が強かった、というよりは風邪で身体に力が入らないんだろう。

俺がちゃんと支えないといけない。

いけないけど、……支えるということはこの肩に、手で触れるということだ。

このむき出しの白くて華奢な肩に、俺の手で、男の手で……。

それはもうなにかの犯罪では⁉

でもそうする以外に無い。

このまま揺さぶられたら時雨に負担をかけることになる。

俺はなるべく力を入れないよう、時雨の肩に触れる。

「っ〜〜〜〜〜〜〜！」

手のひらにすっぽりと収まってしまうほどに小さな、男のものと比べるとおもちゃみたいな骨格。触れた手のひら全体に、じっとりとした湿り気と高い体温が伝わってくる。

その熱に炙（あぶ）られて立ちのぼる空気は、とても甘い……。なんというか、花の香りのような文字通りの甘さではないのだが、この香りを説明する他の形容が見つからない。

部活上がりの晴香（はるか）から時折香る匂（にお）いとも違う。俺の鼻腔（びこう）よりももっと深く、本能とか、そういう部分に訴えかけるとても魅力的で刺激的な香りだ。

頭がぐらぐらする。

立ちのぼる香りだけでこうだ。

今、……この白いうなじに鼻を寄せて、

……思いっきり吸い込んだら……、

……どうなるんだろう。

俺は、どうなってしまうんだろう。

「おにーさん」

そのとき、時雨がこちらに背を向けたまま俺を呼んだ。

俺は心臓が口から飛び出しそうなほど驚くが、なんとか堪(こら)えて応じる。


「な、なんだ」

「おにーさんは本当におバカですね」

「……なんで突然罵倒?」

「私、わかってるんですよ。こういうことしたらおにーさんがドキドキしちゃうってこと。ドキドキするけど、病気の妹を兄として精一杯大切にしようって頑張ってくれること。全部わかってて、つけこんでるんですよ。私のことを意識してほしいから」

「………………」

「こんな女にあんまり優しくしたら、ますます好きになられちゃいますよ?」


わかってますか? と時雨は肩越しに俺を見上げ、問いかけてくる。

……まあ、自分でもバカだな、とは思うよ。

実際昨日は嫌われようと思ってたわけだし。

でも、そんな考えは倒れてる時雨を見た瞬間に吹っ飛んだ。

俺は時雨のことを大切にしようとしてるんじゃない。

大切なんだ。もう。

だって時雨は、俺のことを大切にしてくれるから。

確かに兄妹の枠をはみ出てこようとしてるのは困るけど、だからって心にもないことを言って傷つけたり、遠ざけるなんて、バカではないかもしれないがクズだ。

バカとクズならバカの方がいい。まだ愛嬌(あいきょう)がある。

だから俺は言った。


「己惚(うぬぼ)れんな」

「……！」

「確かに時雨にドキドキさせられることはあるけどな、それはお前が晴香の双子の妹だからだ。

そりゃ彼女と同じ顔の女子にキスされたりしたらドキドキくらいするわ。

でもそれはお前を通して晴香を見てるだけで、時雨をどうこう思ってるわけじゃねえ。

俺が一番好きなのは晴香だ。それは絶対にブレない。変わらない。

だから時雨が俺をどう思っていようと関係ない。

俺は……兄貴として、たった一人の妹を大切にするだけだ」

言うと、タオルを時雨の頭に被せて、軽くつつく程度の力で叩く。

「ほら。終わったから前は自分で拭いて着替えろ。俺は居間で勉強してるから、用があったらすぐに呼べよ」

「……はい。ありがとうございます。大事にしてくれて」

「それは、……お互い様だ」

時雨が可愛くない妹なら、俺だってこんなことはしない。

そう返して、俺は時雨が着替えられるよう、彼女の自室を出て襖を閉めた。

× × ×

いやほんと、格好つけるのだけは一丁前だな！　佐藤博道！

部屋を出た俺は心の中で自嘲した。

時雨の綺麗な背中を見て猿みたいに興奮していたくせ、よくもまあいけしゃあしゃあとカッコイイセリフを並べられたもんだ。

こうやって分不相応にカッコつけて、どんどん後に引けなくなっていくんだよこの男は。

……ただまあ、言ったこと自体に嘘(うそ)はない。

俺は時雨にある晴香の面影(おもかげ)にドキドキしてるだけだ。

晴香より時雨の方が好きだなんて考えたこともない。

実際、俺はちゃんと時雨が告白してきたときも、晴香の方が好きって言えたじゃないか。

俺の気持ちはいつだって晴香だけを向いてる。

その自信はある。

だから……まあ考えてみれば別に時雨が俺のことをどう思っていようがどうでもいいことではあるんだ。

あるんだけど、ただ、まあ……

「それはそれとして、やっぱキスはしたいよなぁ……」

思い出したい。

取り戻したい。

一番好きな、一番大切な女の子の唇の感触を。

その欲望は誤魔化せない。

とはいえ……時雨のせいで悪い意味でスレた俺と違ってプラトニックな晴香に、無理にキスをねだってキスという行為に負担を感じさせるのは嫌だ。

何か……何か晴香の方もその気にさせるイベントが欲しい。

どうにかならないだろうか。


と、そんなことを考えていたときだ。

玄関から安っぽいチャイムの音が聞こえてきた。

うちにインターホンなんて上等なものは付いていないから、ドア越しに誰何する。


「どちらさん？」

「佐竹運輸です。アメリカからのお荷物をお届けに来ました」

「は？　アメリカ？」

なんでそんなところから……ってそうか、親父か。

そういえば先週、邪魔な荷物を送ったから押し入れに突っ込んでおいてくれってメールが来てたな。

俺は下駄箱の上の雑貨入れにある印鑑をとって、外に出る。

そして荷物の受け取りを済ませた。

荷物は大きな段ボール二つに、大きめのビニールバッグ。

なかなかの大荷物。どれも砂ぼこりのようなもので煤けてて、そのまま押し入れに突っ込んだら時雨に怒られそうだ。

一体何なんだろう。

「これは……っ！」

中を確認して、俺は目を見開いた。

段ボールの中に収められていたモノを見た瞬間、俺の脳裏にあるビジョンが浮かんだ。

俺と晴香が、星空を映す夜の海辺でキスをしている。そんなロマンチックなビジョンが。

これは、——使えるんじゃないか⁉

なんといっても時期がいい。

もう少ししたら始まる期末テストを乗り切れば、待望の夏休みだ。

でも、これを使うのは俺一人では無理だ。

協力してくれる『大人』が必要。

それに、一人だけ心当たりがある。

だから俺はすぐにＬＩＮＥを使って、友人の一人、若林友衛（わかばやしともえ）にメッセージを送ったのだった。

カノジョの妹とキスをした

I kissed My Girlfriend's Little Sister♥

第十九話　わいわい×MTG

憂鬱な期末テストも無事に終わり、夏休みが目前になった七月の中頃。

その日の夜、俺は夕食の後、時雨に断ってテレビの前を占領し、友衛と剛士と晴香の三人とオンラインチームを組んで久しぶりにゲームをしていた。


「おい剛士！　お前突っ込みすぎだ！　少し下がれ！」

『そんな道理はワシのパブロ筋でこじ開ける！　オラオラオラオラオラオラオラオラ――死んだ』

「はーつっかえ！」

『せめてスペシャル吐いてから死んでくれよぉ』


LINEグループのボイスチャットをスピーカーモードでつけっぱなしにして、俺達四人はワイワイ騒ぎながら期末テストのうっ憤を晴らす。

『あっ、ごめん！　あたしも死んじゃった！』

「ドンマイ晴香」

『まー不利対面は仕方ないよね』

『……なんかワシと扱い違いすぎんか？』

「お前と晴香が同等の扱いなわけないだろ図々しい」

『それな』


ちなみに今プレイしてるのは『スプラ2』のリーグマッチ。

若干アメコミっぽい可愛いキャラクターが色んなルールでステージ内で銃を撃ち合う対戦ゲーム。でも銃といっても撃っているのは銃弾ではなくインクで、お子様の教育にも優しい神ゲーだ。（廃人になる場合は除く）

『仕方ない。ここはウデマエXのオレが四人抜きを――あ、ジェッパとマルミ同時は無理です。サヨナラ』

『ど、どうしよう。逆転されちゃうっ』

『いや大丈夫だ晴香ちゃん。オレを仕留めるのにマルミまで吐いたのが不味ったね。カウントは残り三秒。そしてヒロのスペシャルが溜まっている』

『……ああ。まーた博道のセコセコビームか』

「せこくねーし！　正攻法だ！」


このゲームにはいくつかルールの種類があり、俺達が今プレイしているのは、フィールドにある小さな台座の上に長い秒数立っていられた側が勝ちというルールだ。

そしてこのルールには試合終了間際、自分達のチームが勝っている場合にのみ使える必勝法がある。それは試合終了まで、触れたら死ぬ射程無限遮蔽物貫通の極太ビームを、敵から遠く離れた場所から台座の上に照射し続けることだ。


『うわぁ。これじゃあ敵さんは絶対に上に乗れないね』

『なんていうかこういうゲームって立ち回りに性格が出るよね』

『汚い。実に汚い。こんな卑劣なことをしてお前の心の筋肉が泣いているぞ』

「だから正攻法だっつってんだろ！　向こうにもハイプレ居たら絶対やってきたからコレ！」


ひどい言われようだった。

てかコレ俺に教えてくれたのは友衛じゃんか。


……と、まあ、俺達はそんな感じで何試合かリーグマッチを楽しんだ。

そしてほどほどに満足した頃合いで、友衛が『ところでさ』と切り出してきた。

『もうすぐ夏休みだけどみんな七月末までの予定ってもう埋まってる？』

「お、その話を振るってことは友衛、もしかして先輩からオッケーでたのか？」

『ああ。上等な肉持ってこいって言ってたぞ』


これに俺はガッツポーズをとる。

俺が考えたある計画のための前提条件をクリアしたことを意味していたからだ。


『で、どうかな？　二人とも』

『ワシは引っ越しとドラッグストアのバイトがあるが、シフトを調整すれば大丈夫じゃ』

『あたしも本格的に部活が忙しくなるのは八月からだから、七月は結構余裕あるかな？　もしかして、みんなでどこか遊びに行くの？』

『そうそう。ヒロと相談してたんだけど、夏休み入ったらさ、みんなで海にキャンプしに行かない？』

『ほう！　海か！』

『キャンプ!?　楽しそう！』

話を聞いた二人は色めき立つ。

よっし好感触！

実は時雨が熱を出した日、親父から送られてきたのはキャンプ道具だったんだ。

親父は恐竜学者という職業柄、発掘のために頻繁にキャンプをする。今回、親父を呼びつけた教授に新しいキャンプギアを譲ってもらったらしく、今まで自分が使っていたお古を送り付けてきたわけだ。


それを見たとき俺は閃いた。

キスできるようなイベントがないなら起こせばいい。

夏休みに海でキャンプ。普段と場所も時間も違う、特別なデート。

そんなロマンチックなイベントを用意すれば、晴香も無理なく開放的になってくれるはずだ。


そしてそのイベントを開くための準備は、友衛の協力で整った。

あとは晴香がこの企画に乗ってくれるか、だが――


『ワシはもちろんオッケーじゃ。海でしかできないトレーニングも色々とあるしのぅ』

『よし労働力ゲット。晴香ちゃんは？』

『あたしも――あ、でも男子ばっかりだよね？　それで泊まりは、いくらキャンプでもパパが許してくれないかも……』

「いや男ばっかりじゃないぞ。今回運転手やってくれる先輩――虎子さんは友衛の彼女だから」

『うぅん……どうだろ……。他に女の人がいてもパパ、そういうの厳しいし……』


う、ぐ、ダメか……？

確かに……浮ついた遊びには厳しそうなお父さんだったけど。

でも、せっかくの夏休みなのに……。


「おにーさん」

「ふおぁあ⁉」

『なんじゃ博道。いきなり変な声を出して』

「い、いやなんでもない！　窓からでっかい蛾が入ってきただけだ！」

『あーそれはコワイのう。ワシもこの前部屋に赤色で15センチくらいのでっかい蛾がおって、腰が抜けたわ』

『それヨナグニサンじゃん。お前の部屋、天然記念物湧いてるんだけど』

俺はスマホのマイクに手を被せて、いつの間にか後ろに回り込んでいた時雨を睨みつけた。

「いま晴香と通話中だぞ……！　バレたらどうするんだ……！」

「そのキャンプ、私も誘って姉さんに言ってみてください」

「は、はあ？　いやそりゃ後で誘うつもりにはしてたけどなんで――」

「いいから」

小声で抗議する俺にそう勧める時雨。

ああそうか。妹も来るなら晴香も来やすい、ということか。

『ごめんね博道くん。せっかく誘ってくれたのに……』

「い、いいよ。親が許してくれないなら仕方ないし。でも残念だな。晴香が来てくれるなら、時雨も誘うつもりだったんだけど」

『え⁉　時雨も⁉　――だったら絶対行く！』

うお、なんか予想をはるかに超えるテンションで食いついてきた。

『ていうか時雨を誘うのもあたしがやった方がいいよね？』

「あ、ああ。そうだな。頼めるか」

『任せて！　時雨も絶対乗ってくるよ！　私の方も時雨が来るなら大丈夫！　パパも断れないよ！』


あ、なるほど。

そういえば俺の家と違って晴香と時雨の両親は死別じゃなかったんだ。

つまり両親には二人を生き別れさせた負い目があるということだ。

……そう考えると、弱みに付け込むようで気が引けるが、まあこの際背に腹は替えられない。

晴香が来てくれないとこの計画の意義が半分近く失われるんだから。


『オッケー。海キャンプ開催決定ってことで。あとでＬＩＮＥグループつくるから、時雨ちゃんが乗っかってくれたらそこに連れてきてよ』

『了解しました！』

『じゃあワシはそろそろ寝るぞ。夜更かしは筋肉の敵じゃ』

『オレも～。また学校で』

そう言うと剛士と友衛は音声チャットを切った。

でも俺と晴香は残ったまま、キャンプの話題でしばらく談笑していた。

恋人と行く初めての旅行。それも泊まりがけ。

二人きりというわけじゃないが、それでも否応なしに期待は高まる。


『みんなで海かぁ。今からすっごい楽しみ！』

「晴香、何かしたいこととかある？」

『うーんと、やっぱり晩御飯はバーベキューがいいなー！　それも焼き肉じゃなくて、お肉を串に刺して焼くアレ！　あれ横からがぶーってやりたい！』

「わかる」

『あ、それとあたし、前にドラマで見た焼いたマシュマロをクラッカーに挟んで食べるキャンプおやつ、やってみたいなー』

「スモアかな？　アレめちゃくちゃ甘いけど平気か？」

『平気だよ。あたし、甘いの大好きだし！』

「ならマシュマロも買っていこう。こういう時じゃないと食べられないしな」

『いこういこう！』

電話越しにも晴香のテンションがいつもの倍くらい高くなってるのを感じる。

でもさっきから食べ物の話ばっかりだな。

そんなところも可愛(かわい)いけど。

「食べ物もいいけど、なにかやりたい遊びとかはないのか？ せっかく海に行くんだしさ」

『海……、あ、でも海ってことは…………水着なんだ……、っ』

「晴香？」

突然電話の向こうの晴香が息を呑(の)んで押し黙る。

どうしたんだと尋ねると、晴香は絞り出すような声で尋ねてきた。

『あ、あのね。博道くん……、って、さ。どんな水着が好きとか、ある？』

その質問にドクンと心臓が高鳴る。

スマホを握る手に汗が湧(わ)いてくる。

え？ え？ もしかして今ここでリクエストしたら応(こた)えてくれるのデスカ⁉

「い、いやそれは、晴香が好きなものを着てくればいい、と当方は思うんですが……？」

『それじゃ、ダメ……。だって、時雨に……目移りしてほしくないもん』


可愛すぎて眩暈した。

奥手な晴香がこんなに頑張ってくれてるんだぞ。

これは、もう、カッコつけてる場合じゃないだろ。


「……お」

『……お？』

「おへそ、が見えてるやつ、が、いいです……」

『お、おへそ、りょうかいしました……ぜんしょします……』


傍から見たらさぞ滑稽なやり取りに見えるだろう。

後ろから時雨が笑いを嚙み殺す声が聞こえてくる。

絶対弄られるわこれ。

でも気にならない。

今めっちゃくちゃ俺幸せだから。


恥ずかしい話題で丁度会話が途切れたので、俺達はそこを今日の区切りとした。

また学校で逢おうと約束して、通話を切る。

それから俺は改めて背後の時雨に向き直った。


「その、ありがとな。時雨のおかげで晴香が来てくれるって」

「おにーさんが無い知恵と度胸を振り絞って計画した夏の予定がふいになるのは可哀そうですからね」

「……そりゃどうも」

「にしても期末テストの傍ら、バーベキューとスモアで姉さんを海に連れ出して半裸に剝く計画を立てていたなんて、なかなかやりますねおにーさん♪」

「む、剝かねえよ半裸になんて！」

「セパレートの水着なんて半裸でしょ。しかもただの海水浴ではなくキャンプ。つまりお泊り。同じテントの中一夜を過ごす男女。何も起きないはずがなく――」

「男女別々に決まってるらろ‼」

何を言い出すんだよアホか！

動揺しすぎて呂律めちゃくちゃになったわ！

この妹はホントこんな綺麗な顔してるのにキツめの下ネタをブッこんでくるから扱いに困る。


だけど今回は本当に時雨に助けられた。

時雨が囁いてくれなかったら、晴香とキャンプには行けなかっただろう。

でも……、ふと疑問に思う。


「……なあ。どうして協力してくれたんだ？　時雨はその、俺と晴香が仲良くするのは嫌なんじゃないのか？」

だがこれに時雨は小首を傾げる。


「え？　何でですか？」

「いやだって……、俺のこと、その、まだ好きなんだろ？」

「それはそうですけど、私は別におにーさんの彼女の座を姉さんから奪いたいわけではありませんし」

……………は？

え、どういうことだ？

それならなんで俺にあんな告白なんてしてきたんだ？

「私はおにーさんの一番好きな人になりたいんです」

その言葉に俺はいよいよ混乱する。

意味がわからない。だって、

「一番好きな人だから恋人なんだろ？　その二つは同じじゃないか」

「……それはどうでしょう。まあ安心してください。私はおにーさんと姉さんの邪魔をしたりはしませんから」

そう言うと、時雨は薄く微笑(ほほえ)んだ。

細められた瞼(まぶた)の間から覗(のぞ)く瞳(ひとみ)に、キスをしたときと全く変わらない、今にも零(こぼ)れそうなほどの愛(いと)おしさを湛(たた)えさせて。

その微笑みの理由が、俺にはよくわからなかった。

カノジョの妹とキスをした

I kissed My Girlfriend's Little Sister ❤

第二十話　青春×シーサイド

そして待望の夏休みが始まった。

夏と言えば海。

そして神奈川で海と言えば、やっぱり誰もが思いつくのは湘南だろう。

色んなマンガやドラマの舞台にもなっている夏の定番レジャースポットだ。

……まあ俺は基本インドアな人間なんで、このクソ時期になぜわざわざ炎天下に出ていかないといけないんだと、去年の夏は家でゲームしたり勉強したりで、海なんて近づこうとも思わなかったわけだが、今年は違う。

なんたって今年は彼女が出来たんだから。


彼女がいるのに夏に海に行かないというのは、考えられない。

水着、見たいじゃん？

それ見ずに夏は終われないいじゃん？

というわけで俺は湘南の臨海キャンプ場にやってきた。

車から出るとさっそくさざ波の音と潮の香りが俺達を出迎えてくれる。

「わー！　海すっごい青い!!」

「うおお！　海じゃ海じゃー！　中二の臨海学校で来て以来じゃのう、博道！」

「だなぁ。そういえば海ってこういう匂いだったっけ。神奈川に住んでても案外来ないもんだよな。湘南って。晴香は海とか結構いくのか？」

「ううん。あたしも中二以来かなー。中三は受験勉強だけで夏が終わっちゃったし。友達と泳ぎに行くにしても、プールで済ませちゃうから」

「まあこの時期他県から来た人でごった返してるのわかってるから、誰かが音頭とらない限り話の流れで湘南に遊びに行こうぜって感じにはならないよなー」

「あとやっぱり海って髪がギシギシになっちゃうからね」

なるほど。女子はそういう悩みもあるのか。

ちなみに俺はビーサンを履いてると足の裏でいつまでもジャリジャリする砂が嫌いだ。洗い流せば洗い流した水にさらに砂が引っ付くという無間地獄なんだよなあれ。

「でも博道さん。このビーチは人は多いけど、芋洗いってほどじゃないですよね」

「ここは近いところで深くなってるし波も高めだから、家族連れが少ねェのさ」

時雨にそう返したのは、俺達が乗ってきたワゴン車の運転席から降りてきた虎柄のTシャツが似合う金髪の女の人。友衛の彼女で女子大生の飯沢虎子さんだ。

俺と友衛と剛士の中学時代の二年先輩でもある。

「先輩！　今日は運転手引き受けてくれてありがとうございました！」

「構わねえよ。友衛の頼みだったからな。それに、あの〝気ぃ使いぃ〟な佐藤がこのアタシを足に使おうとするくらい入れ込んでる噂の彼女にも興味あったし」

ニカッと男らしく笑うと、虎子先輩は俺と晴香の肩に手をかけて、耳打ちしてきた。

「で？　どこまで進んでんだよお前ら。うん？　もうヤったのか？」

「な、なにもしてませんよ！　まだ！」

「おいおいこんな上玉つかまえて何もしてないはねえだろ。晴香ちゃん、だっけ？　コイツに何やられたのかお姉さんに言うてみ？」

「え、ええ〜〜〜っ！」

初対面で何の躊躇いもなくプライベートに踏み込んでくる女子大生に晴香は顔を真っ赤にして困惑する。……この人、面倒見いいし女子女子してないから話しやすいんだけど、色恋話滅茶苦茶好きなんだよな。

「虎子ー。その辺にしときなよ。その二人はどっちもそういう感じのノリだめなんだから。それより早く荷物を下ろして場所取りしないと」

晴香が困っていると友衛が助け舟を出してくれた。

先輩は「ちぇー」と唇をとがらせ、俺達から離れていく。

助かった。

そのあと俺達は各々の荷物とキャンプ用具をキャビンから引っ張り出し、キャンプ場のフリーサイトに運び込んで（主に剛士が）設営に移った。

設営するテントは二つ。

親父のお古のデカいテントと、虎子先輩の私物である三人用の小さなテントだ。

デカい方に男子とみんなの荷物を突っ込み、小さい方を女子が使う。

俺は友衛と剛士の二人に手伝わせ、大きい方のテント設営を監督した。

このテントはレジャー用ではなく『野外拠点』として使われるようなプロ仕様の物なので、組み立て方が複雑なのだが、昔まだ母さんが生きていた頃、夏休みのたびにキャンプで組み立てていたので、手順は覚えている。

設営は特に苦労することもなく十分程度で終わった。


「とりあえずこれで形にはなったな」

「剛士がいるとペグ打ちが早いねー」

「打つっていうか埋めるからなこいつ。腕力で」

もともと六、七人は入れる作りの業務用テントなので、中はちょっとした部屋くらいの広さと、男が三人立ち上がって立ち話ができるほどの高さがある。

なかなか快適だが、三人で使うにはいささか広すぎるかもしれない。

「んじゃ俺達も着替えるか。つっても俺下に穿いてきてるけど」

「同じく」

「ワシもじゃ」

　まあ男子なんてそんなもんだよなーと言いながら俺達は上着を脱ぎ捨てる。

　その直後だ。

　俺と友衛は、剛士の姿を見てぎょっと目を剝いた。


「剛士お前、ビキニかよ！」

「うわ、しかもエッグい角度じゃん」

「これぞ筋肉のタキシードじゃ！　鍛え上げた肉体美を見せつけるのにこれ以上のモノはないわい！」

「お前、よく女子の前でそれ穿こうと思えるな……。すげーよ……」

「フフフ、水着になる海は筋肉の独壇場。ビーチの女子達の目はワシに釘付けじゃ。ああ安心していいぞ二人とも。才川と虎子先輩がワシに惚れても、ちゃんと断ってやるからな」

「なんか過去最高に厚かましいこと言ってるねこの肉団子」

「その筋肉に対する過剰な信頼はどこからくるんだ」

　確かに剛士のビルドアップされた筋肉はなかなかに見ごたえがあるけど、物事には何事も限度があると思うんだ。

「おー。こっちのテントは広いなー」

雑談しているとテントの入り口をこじ開けて水着姿の虎子先輩が入ってきた。
布面積の少ない黒のビキニ。
流石(さすが)は女子大生だ。大人っぽい。この人の粗雑さを嫌というほど知っている俺でもちょっとドキッとしてしまった。

「野郎だけこんな快適空間を使うのはズリィぞ。テント交換しろよ」
「無茶言わないでくださいよ。剛士の体積は大人二人分なんですから」

虎子先輩のテントは三人用。でもテントの規格で三人用というのは、大人三人がびっしり密着してギリギリ『収納』できる大きさを指す。海辺は涼しいとはいえ季節は真夏。そんなのはこの世の地獄だ。

「荷物類は全部こっちで預かるんでそれで勘弁してください」
「それで虎子。他の二人は?」

「ああ。もう準備出来てるぞ。ほら、晴香も入ってきなよ」

言って虎子先輩は身体を横にズラす。

虎子先輩の後ろには、水着の上にプリントTシャツを着て顔を半分隠すほど大きなサングラスをした晴香が立っていた。

「ごめんね博道くん……。やっぱりビキニはどうしても恥ずかしくって……」

「え……」

なん、だと……。

晴香の言葉に俺は自分でもびっくりするくらい大きなショックを受けた。

いや、だって……、やっぱり見たいじゃん。彼女の水着姿。

シャツもそれはそれで可愛(かわい)いけど、なんか違うというか、この場ではそうじゃないじゃん。

……こんなことならおへそが見たいなんて言わなければよかったか。

ただ後悔しても仕方ない。

本人が恥ずかしいと言うならもう、これぱっかりは。

「い、いや気にしてないって。そんな恥ずかしいのに無理に着てもらわなくても、俺は全然いいっていうか、別にソレ目的で海に来たわけじゃないし。一緒に遊べればそれで……」

「ぷ、くく……」


……あれ？　笑ってる？

まて、もしかしてコイツ、

「あははっ。博道さん露骨にガッカリしすぎでしょー」

「な、お前、時雨か！」


ちらっと、巨大なグラサンをずらして目元を見せる。

底意地の悪さが滲み出るその小憎たらしい目つき。

晴香ではありえない表情だ。


「正解でーす。ね？　バレないって言ったでしょ？」

「おいおい恋人を間違えるなんて愛が足りないんじゃないか博道」

「む、無茶言わないでくださいよ。顔も見えないんじゃわかるわけないでしょっ」

だってこの二人、体つきはもちろん髪型や声まで一緒なんだから。

「からかってごめんなさい博道さん。でも一度落としたあとにカタルシスを持ってきた方がエンタメは盛り上がるでしょう?」

「なんの話だ」

「ほら姉さん。はやく入って来てくださいよ」

時雨が言うともう一度テントの入り口が捲(めく)られる。

「っ……!」

その瞬間、まるで胸板(むないた)を殴りつけられたのかと思うほど、心臓が跳ねた。

そこには水着を着た晴香が、もじもじと恥ずかしそうに立っていたのだ。

俺が希望したおへそが見えるセパレートタイプの水着を着て。

「っ…………!」

「あ、あんまり、見ないで……博道くん」

「ご、ごめん」

咎められて目を逸らす。

いや、逸らそうとした、けど逸らせなかった。

理性がきかないほどに、視線が晴香に引き付けられる。

晴香が身につけている白地に青のリボンで装飾が施された清楚なデザインの水着は、布面積は広めだけど、それでも普段の服よりずっと裸に近い。

だから胸の形とか、腰つきとか、おへその可愛らしいくぼみとか、大好きな晴香の身体の形がはっきりと見えるんだ。

今までずっと興味が尽きなかった恋人の身体。

それはもう、……脳が爆発しそうなほど刺激的で、

「もー博道さん。恥ずかしがりの姉さんがこんなに頑張ってくれたんだから、じろじろ盗み見てばっかりじゃなくレビューの一つくらいしてあげたらどうですか？」

い、いかん。刺激が強すぎて思わず見入ってしまった。

確かにせっかく晴香が俺の希望を叶えてくれたんだから、何か気の利いた言葉を言わないと……

「し、時雨！　いらないから！　レビューとかいらないからー！　博道くんも、何も言わなくていいからね！　ね⁉」

「お、おう」

バタバタ手を振る晴香の恥ずかしそうな顔に、言われてみれば人の水着にあれこれ感想を言うのも流石にヘンだなと俺も我に返った。

危ない。あまりに強い刺激を受けて脳が混乱していた。

あのまま口を開いたらどんなことを口走っていたかわからない。

でも、……一つだけ言っておきたい。

「晴香。すっごい可愛い」

「っ、っっ～～～～～～～～‼」

晴香は林檎みたいに真っ赤になってきゅっと身体を抱く。

……すると、晴香の二つの胸が押し潰されて谷間が生まれた。

くっ、は……。

また心拍数が跳ね上がったのがわかる。


……すごいな。海凄い。

だって女子が自分から進んでこんな下着同然の格好になってくれるんだぞ。

最高かよ。海、万歳。

世のリア充どもが海が好きな気持ちを俺は生まれて初めて理解したのだった。

×　×　×

テントの設営を終わらせ、昼御飯に海の家で高いくせに具が殆ど入ってない焼きそばを食べた後、俺達はさっそく海に繰り出した。

久しぶりの海は意外と楽しかった。

飛び込むだけでも不思議とテンションが上がるし、沖の岩礁目指して競争するのも楽しい。

男どもだけで集まってビーチ客の中から一番エグい水着を探すのも盛り上がった。

そして今は波打ち際に集まってビニールボールで遊んでいる。

Cheer

ルールはシンプル。

六人で円になって名前を呼びながらボールをトスし、落としたら負けというやつだ。

なんてことない遊びだが、負けたら全員分のかき氷を奢(おご)らされるとなると否応(いやおう)なしに気合が入る。

特に虎子先輩に運転手を頼むために夜のバーベキューの肉を自腹で奮発した俺は必死だ。


「えっと、虎子さんで！」

「よっ、――そら、博道だ！」

「くっ、剛士！」

「博道じゃ！」

「し、時雨だ！」

「はーい。博道さんお願いします～」

「ぬわーーーーっ！」


だが現実は非情だった。

「はいヒロの負け。全員分のかき氷おごりね」

「いや今の は卑怯だろテメェら！　俺ばっかり狙いやがって！」

「一番弱い人を狙うのは戦の常道ですからね。ごちそうさまです」

「アタシ、ブルーハワイな」

「ワシはいちご味じゃ」


ぐぬぬ。畜生どもめ。

でも負けたものは仕方ない。

俺はみんなの輪から一人外れて、海の家にパシリに行ってくる。

「あたしも一緒に行くよ。博道くん。一人で持って帰るの大変でしょ」


そんな俺に晴香が付いてきてくれた。

優しい。

さっきの集中砲火も晴香だけは参加していなかった。

「ありがとう。助かる」

「ねえ博道くん。皆に買って帰る前に、二人だけで食べない？　かき氷」

「……え？」

「みんな博道くんに意地悪したんだもん。ちょっとサボるくらい、いいじゃない」

そっと俺に耳打ちして、悪戯（いたずら）っぽく笑う晴香。

もちろん俺に断る理由なんてなかった。

晴香と二人っきりの海デートなんて、願ったり叶ったりだ。

俺達は海の家に行くとまず二人分のかき氷を購入して、近くのテーブルに腰を下ろす。


「あーーー……キーンってきたぁ……」

「でもこれがないとかき氷食ってる感ないよな」

「わかるー」


遊んでいるうちに恥ずかしさにも慣れたのか、眉間（みけん）にしわを寄せながらかき氷を食べる晴香はいつも通りの自然体だ。

気負いなく楽しんでくれているようでよかったと思う。

恥ずかしがってる晴香も可愛いけど、やっぱりいつもの元気な晴香が一番だ。

そんなことを考えながらかき氷をつついていると、その俺の手元を晴香がじーっと見つめてきた。

「じーーー」

「ん？　どうした？」

「博道くんの抹茶味も美味しそうだなーって思って」

「なんだそんなことか。なら一口やるよ。ほら」

「え」

俺がかき氷を掬って差し出すと、晴香が驚いたように目を丸くする。

ん？　どうした？

……あ、そうか。俺が使っていたスプーンだからか！

間接キス……。

それに気付いた俺は一瞬スプーンを引っ込めそうになる、が――すぐに思いなおす。

だって……もう俺達はマジのキスまで済ませた恋人なんだぞ？

このくらいで引っ込んでどうする。

「ほら。あーん、だ」

「……！」


さらに強く出た俺に晴香は驚きを隠せない様子だったが、やがて俺の圧に負けた。

唇を小さく開いて、啄むように受け入れる。


「あむ……」

「お、美味しいか？」

「……ドキドキして味なんてわかんないよ。……でも」

「でも？」

「……なんか楽しい♡」


はにかむように頬を緩ませる晴香。

俺がそんな晴香に見とれていると、晴香は自分のスプーンで掬ったかき氷を俺の顔の前に突き出してきた。


「おかえしだよ♪」

まさか晴香がやり返してくると思わなかったから少しドキッとしたが、自分が始めた以上断るわけにもいかない。


「どう？」

「……楽しいな」

「うん！」


時雨とのあの唇が融けるようなキスを思えば、まるでおままごとみたいなやり取り。

でも何故だかそれはすごく楽しかった。

× × ×

二人きりのかき氷デートの後、皆の分のかき氷を買う前に、俺は晴香に断ってトイレに行った。

一人だけになるとその一分一秒がひどくもったいなく感じる。

そのくらい、楽しい。

晴香と同じ時間を、同じように楽しめていることが嬉しい。

もうこれだけでも海に来てよかったと思う。

俺はせかせかと手を洗って、早足で晴香の元へ戻る。

少しでも長く彼女の傍に居たくって。

でも、

「うん？　……っ！」


戻ってきた俺は、とても嫌なものを目にした。

真夏の炎天下だというのに寒気を感じる。

俺をテーブルで待っていた晴香が、色黒で耳どころか鼻にまでピアスを開けているいかにも遊んでますという風体の年上の男達に囲まれていたのだ。


「ねえねえキミ、可愛いねぇ。高校生？」

「夏休み？　遠くから来たの？　オレ等この近くの大学のサーフィンサークルなんだけど、サーフィン興味ない？　教えてあげるよ」

「いえ……いいです、妹や……カレと一緒にきてるので」


晴香は目線を逸らしながら断るが、男達はお構いなしに迫る。

「彼？　彼氏？　でもそいつおんなじ高坊でしょ？　そんな奴(やつ)より俺達と一緒にいた方が絶対楽しいって。大人の遊び、知ってるからね」

「君みたいなカワイイ子の妹ちゃんなら大歓迎だからさ、一緒に来なよ」

「俺達、君にひと目ぼれしちゃったんだ。大丈夫だって絶対変なことしないからー。俺達清純派だからー」


男の一人が晴香の肩に手を伸ばそうとする。

その瞬間、俺の中で寒気が燃えるような熱に吹き飛ばされた。

あの野郎。

俺は走り出す。

それこそ、晴香の肩に手を回そうとしている男を横からぶん殴る勢いで。

だけど——


「嫌だって言ってるじゃないですか!!!!」

そうはならなかった。

俺が殴るまでもなく、晴香が俺が聞いたこともないような怒鳴り声をあげて、自分の肩に回されそうになった手を叩き落としたからだ。

「うぁ」

「ちょ、声でか……」

「あたしはカレを待ってるんです！　だから付いていきません！　帰ってください！」

ビリビリと空気を震わせる晴香の大声は否応なく衆目を集める。

昼過ぎのビーチ。当然周囲に人は大勢いる。

「ちっ、おい行こうぜ……」

「なんだよちょっと顔が良いからってお高く留まりやがって。ガキのくせに」

その視線にさらされ、男達も流石に居たたまれなくなったようだ。

晴香の気が強いとみるや、さっきまでひと目ぼれ云々（うんぬん）のたまってた口で文句を垂れながら逃げるように立ち去っていった。

「晴香！」

「あ、博道くん。おかえりなさい」

「その、大丈夫か⁉　変な奴らに絡まれてたけど」

「うん。平気だよ」


晴香はケロッとしていた。


「ごめんな。俺がトイレなんか行かなかったら……」

「大げさだよ博道くん。本当になんでもないんだから。そりゃ周りに人がいないところでああいう人達に絡まれるのは怖いけど、ここにはいっぱい人がいるしね。ああいう人達は大きな声を出せば追っ払えるから平気だよ。あたし、演劇部だからね。声量には自信があるのだ」


エッヘン。と胸を張る晴香。

本当に平気そうだ。

というか、……なんだか慣れているような感じがする。

「……もしかして、こういうことってよくあるのか？」

「よくある、ってほどじゃないよ。一ヵ月に一、二回くらいだし」

それは滅茶苦茶頻繁にあるって言わないか？

晴香以外の誰かに言い寄られた経験なんて、俺は時雨のアレ一度っきりしかない。

「失礼だよね。あたしの名前もあたしがどんな人間かも知らないくせに、あんな誘い方するの。そういうのは『好き』じゃないよ……。あたしはああいう人達、嫌い」


ぷんすこ不満を表情に出す晴香。

やっぱり怖がっている様子はない。

純粋に心底その軽薄さにうんざりしているようだ。

……でも、考えてみたら当然かもしれない。

晴香はすごく美人だから。


くりくり大きな瞳に、よく梳かれた綺麗で艶やかな黒髪。丸すぎず角張りすぎもしない顔の輪郭。形のいい胸と高い位置にある腰からスラリと伸びる細いながらも女の子らしい肉付きをした両脚。

これは恋人のひいき目とかじゃないと思う。

さっき男どもでエグイ水着客を探す遊びをしていたときも思ったけど、晴香くらい可愛い子は全然見なかった。

きっと俺の知らないところで、いっぱい告白されたり、ナンパされたりしているんだろう。

その光景を思うと、俺の中に焦(あせ)りが生まれる。


晴香はああいう軽い連中に付いていく女じゃない。

だけど、ああいう連中ばかりに目を付けられるというわけでもないだろう。

どんな人間から見ても晴香は魅力的に映るはずだ。

俺なんかよりよっぽど頭が良くて、顔もよくて、トークも上手(うま)い。そんな男が晴香に好意を向けてきたとき張り合えるだけの何かを俺は持っているのか。

それは……晴香と過ごした時間以外にない。


……間接キスが楽しかっただけで、満足してるんじゃねえよ。

そうだ。この程度で何かを成し遂げた気になるな。

キスするぞ。

そして、もっと知ってもらうんだ。俺が晴香を大好きなこと。

それは俺達の間で絆（きずな）になるはずだから。


「あのさ、晴香」

「ん？　なに？」

「今日は夜、晴れるんだって。ここは海だから、きっと星がきれいに見えると思う。だからさ、二人で……こっそり二人だけでテントから抜け出して、星を見に行かないか？」

「うん！　いこういこう！　すっごい楽しみ!!」


晴香は輝くような笑顔で承諾してくれた。

第二十一話　さざなみ×ミッドナイト

昼間、海で遊び倒した後も、お楽しみはまだ半分以上残ってる。

何しろ今日は泊りでのレジャーなのだから。

晩御飯は晴香の希望通りバーベキューをやった。

それも鉄串に肉や野菜をブッ刺してコンロで焼く、豪快なやつだ。

調理の指揮は俺が担当した。

テントの組み立てもだが、俺は小さい頃親父にわりとキャンプに連れ出されていたので、慣れているんだ。

途中時雨が『これ、もっと小さく切って焼き肉みたいに焼いた方が食べやすくないですか？』と提案してきたが、いやいやそうじゃない。口元を肉汁でべとべとにしながら、ソースと塩とスパイスで乱暴に味付けされた煙臭い肉を皆で頬張る。この体験ごとバーベキューだと俺は力説し、強行した。


親父譲りの哲学で作ったバーベキューは皆に大好評だった。

食い意地の張った野郎どもはもちろん、虎子先輩も珍しく俺を褒めてくれたし、晴香も口の周りをテカテカにしながら喜んでくれた。なにより時雨が『これは新体験ですね』と唸っていたのが、彼女の料理スキルをよく知る俺としては嬉しかった。


バーベキューで腹を満たすと、昼間の疲れが眠気となってどっと襲い掛かってくる。

それは皆も同じだったんだろう。

そこからは皆あまり動き回ることもなく、雑談したり、虎子先輩から大学がどういうところなのかを聞いたり、笑える動画をスマホで見せ合ったりしていた。

でも、次第に口数も少なくなって、剛士が船をこぎ始めたのをきっかけに、男女それぞれのテントに分かれて眠ることになった。


――が、俺は眠気に負けるわけにはいかない。

なにしろ、俺にとってこのキャンプはここからが本番なんだから。

皆も、周囲のキャンプ客も眠りについた深夜０時。

剛士の牛の唸り声のようないびきに紛れ、俺はこっそりテントから抜け出す。

外にはもう晴香が待っていてくれた。

「えへへ。さっきぶりー」

「待たせたか？」

「ううん。あたしも今出てきたところだから」


そう言うと晴香は空を見上げる。


「凄いね。こんなに星が見えるなんて。……綺麗」

「ああ。周りの客のランタンもほとんど消えてるからかな。さっきより天の川がハッキリ見える」

「あれが彦星かな？　あたし、こんなたくさんの星を見たの初めてかも」

「折角だからもう少し海の近くに行かないか？　昼間よさそうな場所見つけておいたんだ」

「賛成。いこいこ」


晴香はあれだけ遊びまわった後も元気いっぱいといった様子で俺の手を握る。流石実質運動部の演劇部に所属してるだけのことはある。

「……そういえばこうやって手を握って歩くのも、自然なことになったね。少し前まで二人ともあんなにぎこちなかったのに」

「まあ……俺達は恋人、だからな。このくらいでドキドキしてたら心臓がもたないって」

そう言って俺は繋いだ晴香の手を引いて、近くの堤防を目指す。

この辺は海水浴場なので当然釣りは禁止。だから堤防周辺が夜釣りの客で込み合っているなんてこともない。

そこならゆっくり星を見上げながら、二人だけの時間がとれるだろう。

と、そう思っていたのだが、目的の堤防に近づくと、誰かの話し声が聞こえてきた。

見れば堤防の先端に人影が二つ、並んでこちらに背を向け座っていた。

「あちゃぁ。先客がいるな」

「あれ？　でもこの声って……」

晴香の反応に俺も気付く。

確かにこの声には聞き覚えがある。

俺は目を凝らす。

星の光を吸い込んで青く光る海。それを切り抜く二つの後ろ姿は、友衛と虎子先輩だった。

なるほど。あの二人も俺と同じことを考えていたのか。

出遅れてしまった。

内心悔しがっていると、風向きが変わったのか、話し声がハッキリと聞こえてきた。


「虎子。今日はおつかれ」

「おー。まったくガキどもは夜遅くまで元気でまいるね」

「二歳しか違わないくせに何言ってんのさ」

「しっかしあの博道にあんな可愛い彼女が出来るなんてねぇ。よくつかまえられたもんだ」

「なんか小学校の頃の同級生？　だったらしいよ。本人は忘れてたみたいだけど」

「アイツから急にキャンプの足やれって言われた時は耳を疑ったよ。アイツから頼み事されたことなんて初めてだったからな」

「ヒロは他人を頼ることに無駄なハードル作ってるタイプだからねぇ。友達なんだからもっと気楽に頼ってくれてもいいんだけど」

「そんな遠慮しいで気ぃ使いの博道も、女のためには図々しい男になれるわけだ。かろうじてインポではなかったたな」

「そりゃあんな可愛い彼女のためなら、頑張ろうってことなんじゃない？」

う、自分の居ないところで話される自分の話題はなかなかに恥ずかしい。

どんな流れ弾が飛んでくるかわからないし、さっさと離れた方がよさそうだ。

俺は晴香の手を引こうとする、が、そのときふと虎子先輩の声音が変わった。


「……可愛い、か。やっぱさ。友衛もああいう女の子っぽい女の子のほうが、好き、か？」

「それもしかして自分と晴香ちゃん達比べてる？」

「だって……ほら、アタシはさ、あんまりああいう可愛さとは無縁って言うか、普通に可愛くないっていうか……」

「……まあ確かに虎子は可愛くないね」

「っ——」

「そういう馬鹿なこと言う虎子は可愛くない。だからオレが可愛くしてやらないと」

「……んっ」


直後、月明かりに切り抜かれた二人の顔の影が重なる。

キスだ。友衛が虎子先輩の顎を指で摑んで、唇を塞いだんだ。

その慣れた手際に俺は思わず息を呑んでしまう。

流石だ……。こっちはこんなイベントを用意しないとキスを切り出すこともできずにいるというのに。

「ちょっと可愛くなったかな？」

「……まだ、不安だから、……もっとキスしたい」

二人のキスは続く。

最初は唇を重ねるだけだったものが押し付け合うような激しさを帯び始め、次第に互いの身体を撫で合うボディタッチまで始まって、二人の影が融け合うように——

「な、なななんかお取り込み中っぽいから他所行くか！」

「う、うん！　行こう！　すぐ行こう今行こう！」

その辺で俺と晴香は二人とも顔を真っ赤にして逃げ出した。

×　×　×

俺達は海とは反対方向、湾岸道路を挟んだ先の、朽ちたベンチと自販機が併設された小さな休憩所まで逃げてきた。

「あ、あはは。なんか他人事なのに、まだドキドキしてるよ」

「わかる……」

なんていうか、あんなに傍から見ると生々しくなるんだな。恋人のやり取りって。

うなじにキスをしたり、腰に手を回して撫でたり。

さすがベテランカップルだ。

ルーキーの俺達とは違う。

「でもやっぱり大人ってすごいね。あんなふうに上手にキスできるんだもん。羨ましい」

それは晴香もああいうエロイ感じのキスがご所望、ってことなのか？

そう一瞬ドキッとする俺だったが、そうじゃなかった。

晴香は少し申し訳なさそうな表情で呟く。

「あたし達、あのデートからキスしてないじゃない？　あたし、ずっと博道くんとキスしたかったんだけど……怖くて言い出せなかったんだ」

「怖い？」

「……あたし達って、ほんの少し前まで手を繋ぐのもいっぱいいっぱいだったじゃない？　だけど今ではそれも平気になった。博道くんも、全然ドキドキしてない、よね？　キスは胸が痛いくらいドキドキして、嬉しかったけど、でもこのドキドキもいつか慣れちゃって、恋人としてのドキドキがどんどんなくなって、……博道くんに飽きられちゃったらどうしようって不安になったの。だから……言い出せなくて」


……知らなかった。

晴香がそんなことで悩んでいたなんて。

つまり晴香は、あの二人のキスではなく、そんな悩みを抱くことなく堂々と互いを求め合える関係を羨んでいたんだ。

……なんてことだ。

俺は胸の中に自分自身に対する激しい憤りを感じる。

だって、彼女に『飽きられるかも』なんて不安を抱かせるなんて、最低じゃないか。


「……ごめん」

「どうして博道くんが謝るの？」

「だって、晴香がそんなふうに不安になるのは、俺のせいだから」

「ち、違うよ。これはあたしが自分に自信がないから……言い出せなくなったあたしのほうが申し訳ないなって話でね――」


違わない。

俺がもっと堂々と晴香に、晴香のことが大好きだって、そう態度で表し続けていたらきっと晴香もそんな不安を感じたりしなかったはずだ。

ただ、一つだけ晴香は思い違いをしてる。

それは正しておきたい。

だから俺はベンチの隣に座る晴香の手を強く握って言った。

「……ただな、晴香。一つだけ勘違いしないでほしいことがあるんだ。俺は確かに晴香とこうして手を繋ぐことも、晴香の名前を呼び捨てにすることも、前みたいにドキドキはしなくなったけど、でも……それを『飽き』だなんて思ってない」

そんなの、一度だって思ったことない。

「晴香の名前を呼ぶこと。晴香にこうして触れること。全部俺の中で特別なドキドキから……当たり前の『幸せ』になっていってるんだ。俺はそれが、すごく嬉しい。だって、それこそが『絆（きずな）』だって思うから。俺と晴香の間に掛け替えのない『絆』が結ばれていってる証（あかし）だって思えるから」

「……！」

「だから俺は——晴香とのキスだって、そんな『幸せ』に変えていきたいって、思ってる」

そうなったとき、俺達はきっと今よりもっと強い絆で結ばれる。
なら、親の帰りなんて待たなくても、話せるはずだ。
俺が晴香に言えずにいる隠し事。俺と時雨の関係だって。
そのためにも、

「キスしていいか？」
「……うん。あたしも、博道くんとキスしたいな」

俺の求めに晴香は少し恥ずかしそうにしながらも、笑顔で応じてくれた。

濡れ輝く瞳には月も星もなく、ただ俺だけを映している。
そんな瞳がそっと閉じられ、唇が俺を誘うようにすぼめられる。
心臓がバクバクと跳ね始める。
ずっと触れたかった晴香の唇に飛びつきたい飢餓感にも似た衝動が湧き起こる。
でも俺はそんな衝動をぐっと堪えて、晴香を驚かせないよう、そっと唇を重ねた。

「ん……、」

その瞬間、俺はすべてを思い出した。
時雨のキスで思いだせなくなっていた、あの日の感動を。
この匂い、この柔らかさ、この熱さ、そして――唇を通して感じる晴香の緊張。
全部知ってる。
全部覚えてる。
全部、大好きだ。

「やっぱり、すごくドキドキする。胸が痛いくらい……」

唇を離すと、晴香は潤んだ瞳でそう言って自分の胸を押さえた。

わかる。そっと重ねた唇から晴香の心音が伝わってきていたから。

でも俺が「辛(つら)い？」と尋ねると晴香は首をゆっくりと横に振った。

「あたしもこのドキドキを当たり前の『幸せ』にしたいから、今度はあたしからしてもいい？」

「……ああ。俺も晴香にしてほしい」


求めると今度は晴香から俺に唇を重ねてくれた。

時雨のキスのような、理性を融かすような情熱的なものじゃない。

啄(ついば)むような、だけど少しずつ深く、長く――

おっかなびっくり俺との距離を埋めようとするキス。

恥ずかしい。怖い。でも、近づきたい。

所作から伝わってくる晴香の想(おも)いが、気持ちが、愛(いと)おしくてたまらない。

「好きだ。晴香」

「……！」

晴香のキスに割り込むように、俺はまた自分から晴香を求めた。

最初のキスや、晴香がしてくれたキスよりも深く長く。


「大好きだ」


愛おしさが堰（せき）を切ったように溢（あふ）れ出してくる。

息を継ぐごとに何度も心の中に湧（わ）き上がってくる愛（いと）しさを言葉にする。だって言葉にしていないと、溢れかえる想いで窒息してしまいそうだったから。

だけど、ああだけど、
言葉にするほどにもどかしくなる。

どうして、愛しているという気持ちを伝える言葉はこんなにも少ないんだろう。

この胸に溢れる想いを伝えるのに、全然足りない。

もっと伝えたい。もっと知ってほしい。

この腕の中の女の子に、俺がどれだけ君のことが好きなのかを。

どうすればいい。

そう求めたとき、俺の身体が自然と答えを導き出した。

「ん、……！」


晴香の小さな肩から手を彼女の背中とうなじに滑らせる。

撫でるように滑らせ、抱きしめる。

さっき友衛達がそうしていたように。

このとき俺は初めて知った。

異性の身体に触れることはもっと下心を伴う行為だと思っていたけど、そうじゃないんだ。

言葉では伝えきれない大好きという気持ちを伝えるために、ただそうせずにはいられないだけなんだと。

でも考えてみれば、それは当然なのかもしれない。

だって人間はその始まりから今のような言語を持っていたわけじゃないんだから。

これは血に刻まれたメカニズムなんだろう。


だから俺は、そのピュアな衝動に従った。

晴香の温（ぬく）もりを求めて彼女の身体に手を這（は）わせる。背に、腰に、胸に――自分の大切な人のすべてに触れたくて、唇を強く押し付け、舌を伸ばす。

まだだ。まだ足りない。まだ欲しい。

まだ伝えたい。

言葉だけでは到底伝えきれない、自分の胸に溢れかえる気持ちを表現するために。

もっと近く、もっと深く――

――だけど、

「っっっ～～～～～～、いやっ!!!!」

直後、俺は晴香に突き飛ばされた。

×　×　×

「はる、か?」

「……今の、なに?」

俺を押し飛ばした晴香は、信じられないという表情で俺を見つめる。

その顔に俺は自分の血が凍り付いていくのを感じた。

「今、舌……を、それに……むね、まで……」

「ご、ごめん。嫌、だったか？」

突然の、そして初めての強い拒絶に嫌な汗が噴き出してくる。

見れば、晴香の瞳に先ほどまでの愛おしさはなかった。

代わりに浮かぶ感情。それは……怯え。

「本当にごめん！　焦りすぎた！　晴香とキスしてたら、好きだって気持ちがいっぱいになって、それを少しでも伝えたいって、そう思ったら抑えきれなくなって……！　ほら、さっき友衛達もやってたから、それで……」

「違うよ……。こういうのは『好き』じゃないよ」

「……え？」

晴香は自分の身体を守るように抱きしめる。

「だってああいう触り方や、し、舌を入れるキスは、えっちをするときにするキスだよ？　虎子さんはもう大学生だけど、あたし達は二人ともまだ高校生だから、えっちなんかしちゃ、ダ

メなんだよ？　なのにあんなこと……」
「待ってくれっ！　そんなつもりじゃないんだ！　俺はキスをして抱きしめたかっただけで、そんな、え、エッチなんて考えてもなかった！」
「……さっき気持ちが抑えきれなくなったって言ってたけど、あんなキスや触り方を続けて、エッチしたい気持ちにならなかったって……言い切れるの？」

そ、それは……、
涙で潤む晴香の瞳に睨まれて、言葉が詰まる。
だって、そんなの言い切れるはずがないから。

「博道くんは、そういうのちゃんとわかってくれるって思ったのに」
「晴香……」

俺は震える晴香に手を伸ばす。でも俺の手が彼女の肩に触れる前に、その接触を拒絶するよう晴香はベンチから立ち上がった。

「ごめん。今日はもう、帰るね」

そして、逃げ出すように走り去ってしまった。
いや、ように、じゃない。
晴香は逃げたんだ。
俺から。
俺から逃げ出したんだ。
その事実に俺は打ちのめされて、遠ざかる背中に声をかけることもできなかった。

×　×　×

……あれからいったいどれだけの時間が経ったんだろう。
俺はベンチに座り込んだまま動けずにいた。
捨てられた人形のようにベンチにもたれたまま、空を見上げている。
いつの間にかあんなにハッキリと見えていた星の海は、黒いベールに覆われつつある。
星の明かりは翳り、夜の闇が一層濃く重くなっていく。
それはまるで俺の心のようだと思った。

『博道くんは、そういうのちゃんとわかってくれるって思ったのに』

俺の脳裏に晴香の別れ際の言葉が反響する。
失望と、悲しみと、恐怖を伴う声音が。

……なんてことをしてしまったんだ、俺は。

しくじった。
いやしくじったなんてものじゃない。
俺は晴香という女の子が恥ずかしがり屋で、奥手だってこと、十分わかっていたはずなのに、自分の欲求を押し付けたんだ。
もっと晴香と繋がりたい。絆を結びたい。一刻でも早く。
自分の不甲斐なさからくる焦りを晴香に押し付けて、怖がらせた。

「バカかよ、俺は……っ」

晴香がキスを受け入れてくれたからって、調子に乗って、自分の内側に湧き上がってくる欲望を満たすためだけに晴香を求めた。

……最低だ。

こんなの、昼間晴香をナンパしたあの連中と変わらない。

変わらないと、そう思われても仕方ない。

仕方、ない……けど、

『こういうのは『好き』じゃないよ』


違う、違う、違うんだ。

俺は確かに焦りすぎたかもしれない。

時雨との一件以来、ずっと晴香とキスをしたいと思い続けて、そのためにキャンプを計画して、それが上手く行って、実際キスできて、気持ちが高ぶりすぎていたというのは確かにその通りだ。

でも、その高ぶりが晴香に対する愛情だということは、間違いないんだ。

晴香の名前すら知らず、身体だけを求めていた昼間の軽薄な連中とは違う。

俺は晴香のことをたくさん知っていて、そんなたくさんの全部が大好きだから、だから……

触れたいって、そう思ったんだ。

なのに――

「あ、れ……」


ジワリと視界が滲む。

涙が目尻から湧き出して、ポロポロ頬を伝って零れ落ちる。

一体、何の涙だ。

なんで俺が、泣くんだ。

晴香を怖がらせた加害者のくせに。

……理性でそう自分を叱責しても、止められない感情がある。


「っっうぅぅぅう～～～～!!」


悲しい。悲しい。悲しい。悔しい……！

自分勝手な感情が嗚咽になって漏れ出してくる。

だって、『好き』じゃないって言われたんだぞ。俺はあんなにも晴香のことが、言葉ではとても伝えられないくらい大好きだったのに、なのに、その全部を否定（ひてい）されて、恐怖されて、拒絶されたんだ。

確かに、俺の伝え方が悪かったのはそうかもしれない。かもしれないけど、そこまで否定されないといけないことなのか……あのとき俺の胸に湧き上がってきた気持ちはッ⁉

もし、

俺を好きだと言葉にする晴香は、同じ衝動を覚えたりはしなかったのか？

そうだとしたら、

覚えなかったのだとしたら、

晴香は本当に俺のことが――――好きなのか？

「おにーさん」

「っ――――⁉」

そのときだった。

晴香が走り去った方向から、晴香と同じ声がしたのは。

土を踏みしめる足音が近づいてくる。

星の翳った夜の中、涙で滲む視界では輪郭しか捉えられない。

でも、それが誰なのかは見えなくてもわかった。

「こんなところに居たんですね。おにーさん」

「時雨……」

×　×　×

「……ひどいお顔ですね」

「どうして、こんなところ、に……」

ここはキャンプ場からも海からも離れた人気のないところなのに。

「テントに姉さんが泣いて帰ってきたので、おにーさんと何かあったのかなって思いまして。

姉さんと喧嘩でもしたんですか?」

……喧嘩。

喧嘩か。ただの喧嘩なら傷つくのはお互いだ。悪いのもお互いだ。

そうならどれだけ救われたか。

俺は首を横に振った。

「……喧嘩じゃねえさ。俺が一人でバカやっただけだよ。ホントにバカだった。俺が全部悪いんだ。せっかく晴香がまたキスしてくれたのに、それだけで有頂天になって、先走って、ホントどうしようも無い野郎だよ……！」

「………おにーさん」

「信じられるか？　あの恥ずかしがり屋の晴香の身体をさ、腰とか、お尻とか、べたべたいやらしく撫でまわしてさ、そのうえキスしてるときに舌まで入れようとしたんだぜ。そりゃ晴香が怯えるのは当然だ……！　殆ど暴漢じゃねえか！」

時雨に対して俺は自分自身の所業をぶちまけ、あげつらう。

悪いのは俺だ。悪いのは俺だ。このクソ野郎。

自分を自分で責め立てる。

それは懺悔とは少し違う。

強いていえば烙印を押すのに似ている。

お前は咎人だと。

お前が晴香を怖がらせたのがなにもかも悪いのだと。

そう自分自身に焼き付けて、自分への怒りで頭の中をいっぱいにしようとした。

だってそうしないと、――さっき一瞬俺の中に浮かんできた『最悪な疑問』が鎌首をもたげ始めるから。


「ホントクソ野郎だ。晴香の気持ちもなにも考えないでさ！　俺は結局晴香とエロイことしたかっただけなのかもなぁ！」

「おにーさん」

「こんな奴嫌われて当たり前だ！　こんなクソ野郎は――」

「おにーさんッッ!!」

「っ……!?」


そのときだ。

時雨が怒鳴り声に近い声をあげるや、ベンチに座る俺の頭を自分の胸に抱きこんだのは。

「もう黙って。それ以上喋らないでください」

「しぐ——むぐッ⁉」
「喋るなって言ってるでしょ。いいから、このまま一度深呼吸してください」

抱きしめるなんて優しさのある力加減じゃない。
痛みすらあるほどの強引な、力任せの拘束。
俺はいったい何のつもりだと声をあげようとして、息を吸い込んだ。
すると、ふわりと、押し付けられた時雨の肌から立ちのぼる香りが鼻腔に入ってくる。
……この匂い。
晴香と同じ匂いだ。
俺がさっき欲してやまなかった、大好きな恋人の——

「…………」

その匂いに、俺が必死に薪をくべていた自分を燃やす怒りは鎮火してしまう。
作り出した怒りが失せると、それと一緒に身体から力も抜けた。
そんな俺を見てか、時雨は抱きしめる力を緩めると、

「……そんな心にもないこと言って、無闇に自分を傷つけないでください。身体目当てなんかじゃない。……姉さんのことが、本当に好きだったんでしょう？　言葉なんかじゃ伝えきれないくらい、姉さんのことが愛おしくてたまらなくて、それでもなんとかして伝えたかったんでしょう？」

そう言って頭を撫でてくれる。

「なん、で……」

そんなことがわかるんだ。
問う俺に時雨は少し恥ずかしがるようにはにかんだ。
「わかりますよ。当然でしょう。だって——あの日の私もそうだったんだから」
「……！」

……そうか。
俺に迫ってきたあの日の時雨も、あんな強い気持ちを抱えていたのか。

あの怖いくらいの必死さ。燃えるような情熱。

あのときは気圧(けお)されるほどに理解から遠かったそれが、今の俺には痛いほどよくわかる。

きっと俺も……あんな顔をしていたんだろう。

「ねえ、おにーさん。猫が好きな異性に愛情を伝える時どうするか知っていますか？　首のところをね、甘噛(が)みしたりするんです。犬はぺろぺろと相手の顔を舐(な)めたりしますよね。人間だって動物です。相手を好きだと感じたとき、相手に触れたくなるのは当たり前のことじゃないですか。姉さんが大好きだから、触りたい。そんな当たり前のことを咎(とが)めるほうが間違ってるんです。おにーさんは、間違ってないですよ」

「時雨……」

「可哀(かわい)そうなおにーさん。姉さんのためにいっぱい勇気を出したのに、姉さんにわかってもらえなくて苦しいんですよね。大好きだっていう心からの気持ちを罵(ののし)られて、拒絶されて、辛かったですね」

時雨はそう言うと、何度も胸に抱いた俺の頭を撫でてくれた。

優しく髪を梳(す)かれるごとに、俺の胸の奥が疼(うず)く。

自分が悪いんだと言い聞かせ見ないようにしていた悲しさが、他人に見せまいと押し殺していた涙が、滲み出てくる。

そして一度零れだすと、もう止まらなかった。

噛み締めた歯の隙間から嗚咽が漏れる。

何かにしがみついていないと崩れ落ちそうで、俺は時雨に取り縋った。

そんな俺に、——時雨は囁く。


「私なら、おにーさんにこんな想いはさせないのに……」

「……え」

「私なら、おにーさんが抱きしめてくれたら、そっと身体を預けて、抱きしめ返すのに。

身体を優しく撫でてくれたら、私もおにーさんの胸板を優しく撫でて、頬を寄せるのに。

そして……おにーさんが強いキスで私を求めてくれたら、おにーさんよりもずっと強く深くおにーさんを求めて、一晩中でも囁き続けるのに。——好き。博道くん、大好き。って」


あやすように俺の頭を撫でていた時雨の手が頬に滑る。

俺の伏した顔をガラス細工を扱うような繊細さで持ち上げる。

上向いた俺の潤む視界に、俺が今、心の底から求めているものがあった。

「博道くん。キス……して」


俺を見つめ、俺だけを瞳に閉じ込めて、俺を求めてくれる最愛の恋人の姿。

それは幻だ。

わかっている。

これは晴香じゃない。俺の恋人じゃない。

だけど、
そう拒絶するには目の前の妹はあまりにも俺の欲する人の形に似すぎていて、そして俺の心は凍えすぎていた。


「…………」


いけない。

やめろ。

だめだ。


叫ぶ自分の理性の声が、ひどく遠い。

俺は凍えた人間が暖に手を伸ばすように、時雨の唇を求める。

だって、俺はそこがどれだけ暖かいかを知っているから、……抗えない。


唇が重なる。

以前とは違って、俺から重ねる。

拒絶はない。

触れるような口づけに、彼女は労わるような優しい口づけを返してくれる。

そのほんの少しの触れ合いだけでも、凍えた心に熱が染み入ってくる。

愛情が流れ込んでくる。俺が本来受けてはならない愛情。返すことができないと以前拒絶した親愛が、あの日と同じように。


俺はそれを貪る。

同じ気持ちを返すこともできないくせに。

それはなんて軽薄な行いだろうか。

だけど、

「おにーさんは悪くないですよ。だって私は姉さんの双子の妹なんだもの。声も、顔も、匂いも、全部姉さんと一緒。そんな女に、姉さんにひどいことを言われて傷ついている時に、身体を寄せられて、キスをせがまれたら、こうなっちゃうのは仕方のないことなんです。

悪いのはおにーさんじゃない。そういうおにーさんの辛い気持ち、全部わかったうえで弱ったおにーさんに付け込んでいる私が悪いんです。

……だから気に病まないで、むしろ私を利用してください。

姉さんに拒絶されて辛い気持ち。

姉さんのことを疑いそうになる嫌な気持ち。

そんな自分を責めようとする気持ち。

……そんな全部を今は忘れて、私の中に見える姉さんに甘えてください」


軽薄な俺を、弱い俺を、彼女は許してくれる。

俺が俺を許せるように、理由をくれる。


「大丈夫。おにーさんは私を通して姉さんを見てるだけ。この気持ちは全部姉さんに向けられているもの。これは浮気(うわき)なんかじゃないんです。ほら、言って。晴香、好き。晴香、大好きって。声に出して言ってみて?」

「は……るか、晴香……っ、好き。晴香……晴香っ」

「私も大好きだよ」


時雨の双眸の中で俺が溺れている。

時雨の中に沈んでいく。

今キスしているのは晴香じゃないのに、わかっているのに、求める自分を咎められない。

さっきよりも深く唇を求める。

舌を伸ばしより深くへと。

そんな俺の舌を、時雨は自分の舌で迎え入れてくれる。


深く結び合う唇に対して離れている身体がもどかしくて、時雨の身体に手を回す。

搔き抱く。

痛いくらいの抱擁に、時雨はもっととねだるように身体を擦りつけてくる。


「好き……ん、っ、……好きだよぉ……」


深い口づけ。熱い抱擁。甘い囁き。

俺が欲しかったすべてを彼女は与えてくれる。

だったら、だったら手放せるわけがない。

俺は一層激しく深く彼女を求める。
交わる唾液が熱湯のような熱さを伴って喉を滑り降りてくる。
臓腑に溜まった熱は骨を通して脳髄にまで伝播して、熱病のように意識を曇らせる。
そんな靄の掛かった意識の中、俺は先ほどの彼女の言葉を反芻した。

これは浮気じゃない。

そうだ。浮気じゃない。浮気なんてしていない。
だって俺はあくまで晴香を愛してる。
時雨の中に晴香を見ている。
時雨にはこんなこと、しない。
時雨は俺の妹なんだから。
俺には晴香という好きな人がいるんだから。
だから今キスをしているのは、晴香なんだ。

考えなくて済むのだから。
だってそうしている間は、この唇に触れている間は、先ほど心の中に過ぎった最悪の疑問を
欲するままに欲し、願うままに愛し合おう。
躊躇うことはない。

×　×　×

あのあと、翳りだした空から降り出した小雨に文字通り水を差されるまで、俺は時雨の唇を求め続けた。

だが一度区切りがつき、酔いが醒めると、否応なく現実を意識させられてしまう。

さながら薬物の副作用のように、俺は夜が明けるまで、その後悔に責めさいなまれ続けた。

そして今も。

俺は死んだ魚のようにうつろな目で、まだ海水浴客の居ない朝の海を眺めている。


「…………」

とんでもないことをしてしまった。

寂しさに負けて、自分から恋人以外の、それも恋人の妹の唇を求めるなんて。

まともな人間のすることじゃない。

どうかしてる。


……だけど、仕方ないじゃないか。

そうしないと、昨夜はもう立っていられなかった。

あの場で崩れ落ちたら、俺はどうなってしまっていただろう。

もっともっと暗い、俺の心の奥底から湧き出してくる負の感情の沼に呑み込まれていたんじゃないか。

そうならないためには、時雨に縋りつくしか、なかったんだ。

『おにーさんはいつも自分に完璧を要求しているようですけど、そんなのできる人間、大人にだっていませんよ。何かに縋らないと立っていることもできなくなるような、そんな辛い夜は誰にだってあるでしょう。おにーさんにとっては今夜がそうだった。それだけのことです』

昨日、酔いが醒めた俺から身を離すとき、時雨が言った言葉。

その通りだと思う。

俺が求める、俺が思い描く理想の男としての在り方。それを体現できるほどに……俺は人間として強くなかったんだ。

「博道くん……」

「……！」

そんな後悔と自己嫌悪に浸っていると、後ろから声がかかる。
俺が今、顔を合わせたくなかった人の声が。
だって、だって……どのツラ下げて彼女と話せばいいんだ。
わからない。到底想像がつかない。
……でも、話しかけられた以上無視はできない。
俺は向き直る。

「晴香……」
「あの……、昨日は、ごめんなさい」

向き直った俺に、晴香が見せた反応は意外なものだった。

晴香は申し訳なさそうに頭を下げてきたのだ。

「一晩明けて思ったの。『好き』じゃない、っていうのは、言いすぎだったって。博道くんがあたしを好きでいてくれてることは、ちゃんとわかってるのに」

「…………」

「その、雰囲気のいい夜だったから、ちょっと興奮して、やりすぎちゃっただけなんだよね？　博道くんの気持ちをよく考えもせずあんなこと言って、本当にごめんなさい」

謝る晴香の姿にぐつぐつと腹の奥で罪悪感が煮えたぎる。

……やめてくれ。

俺は晴香なんかより、よっぽどひどいことをしたんだ。

そんなふうに謝ってもらう資格なんかない。

言わないと。自分のしでかしたことを。晴香に——

「……あ、謝るのは俺だよ。怖い思いさせてごめんな」

……おい。違うだろ。

怖い思いをさせたのもそうだけど、それだけじゃないだろ。

わかってるのに、言葉が止まる。

「こ、怖いなんて思ってないよっ。……ちょっと、ビックリしちゃっただけで」

「そ、そう、か。よかった……」


いやよくないだろ。

言えよ。なんで言葉にできない。

言わずに……済ますつもりなのか、俺は。

晴香の双子の妹にあんなことをしておいて、黙ったまま今まで通りの関係を続けようとしてるのか。

ふざけるな。言え。言えよ。


「……でも、やっぱり高校生のあたし達がああいうことをするのは良くないと思うの。だって、気持ちが高ぶりすぎて……間違いがあったら困っちゃうし。それに、あたしは本当に博道くんが大好きだから、博道くんとの関係を大切にしたいの。無責任な子供のまま、一時のキモチだけに任せて、この関係を汚したくない……。だから、もうああいうのはやめよう、ね？」

「――――」

俺を見つめる晴香の瞳がある『感情』に揺れている。
それで気付いた。
今自分がとても危うい場所に立たされていることを。
晴香は怯えたんじゃない。

『嫌悪』したんだ。昨日の俺を。

そしてその嫌悪は今もなお残っている。
だから晴香は距離をとりたがっているんだ。
もうあんなキスはしたくないって。汚れるからって。
こんな晴香に……時雨とのことを話したら、……もう、

「あ、ああ。晴香の言うことが正しい。俺達は親に養ってもらってる子供なんだから、ちゃんと節度を守らないと……いけないよな」
「ありがとう！　博道くんならわかってくれるって思ってた！」

……言えるはずがなかった。

でも、だけど、…………………考えてみれば、これでよかったんだ。

いや、だって、俺は浮気をした、とまでは言い切れないと思うんだ。

確かに時雨とキスをしたのは事実だ。

事実だけど、でも俺はずっと晴香の名前を呼んでいた。

あのとき晴香が俺のキスにちゃんと応えてくれたら、そもそもこんなことにはならなかったわけだし、これを浮気というのは少し違うと思う。

だいたい昨日のキスは俺だけの問題でもない。時雨だって大きくかかわってる。誘ったのも時雨の方だ。あんなふうに誘われなかったら、俺だってキスしなかった。これを告白することは時雨と晴香の姉妹(しまい)関係に大きなヒビを入れることにもなりかねない。それは良くないだろう。誰一人幸せにならない選択だ。黙っているのがベター。相手が恋人だからって自分のしてきた行いのすべてを包み隠さずさらけ出さないといけない道理もないはずだ。世の中の星の数ほどいる恋人だって多かれ少なかれ隠し事を抱えているに決まってる。俺がするべきことはそんなたった一つの隠し事に臆(おく)しておどおどすることじゃなくって、晴香が望む、晴香が受け入れられる方法で、昨日時雨にぶつけた晴香への溢れんばかりの愛情を表現すること。そうすることで絆を紡(つむ)いでいくことだろう。そうに違いない。違いない。違いない――

――晴香に懺悔をしなくていい理由を、俺は思いつく限り並べたてる。

自分の行いを少しでも正当化するために。

自分の欺瞞(ぎまん)に少しでも理由を持たせるために。


だって、……もうそうするしかないじゃないか。

時雨とキスをしたなんて、言えるはずがない。

言えば俺は失うことになる。

俺の目の前で、今愛らしく微笑(ほほえ)んでくれている最愛の恋人を。

この子が好きだ。大好きなんだ。それにだけは、一切(いっさい)の嘘(うそ)はないんだ。

だから、それを自分自身で選ぶことなんて、俺には………できない。


「おいそこのバカップル。いつまで遊んでんだ。道路が混む前に撤収するって言ったろ！」

「はーい！　行こう博道くん！」

「……ああ」


俺は昨日のことを隠し通すことを心に決めた。

そして、そんな後ろ暗い決意を顔には出さないようにしつつ、差し伸べられた晴香の手を取ろうとする。——だけど、

俺の手は晴香の手に触れる直前で、凍り付いた。

「う…………」

「……？　どしたの博道くん。一緒に行こう？」

手を伸ばす晴香が不思議そうに首を傾げる。

手を軽く振り、早く握ってと促す晴香の所作に、俺は応じる。

手を握る。

瞬間、心臓がバクバクと、不安の早鐘を打つ。

握る力……大丈夫だろうか。晴香が嫌な思いをする強さじゃないだろうか。あるいは弱すぎたりして不審に感じられないだろうか。

わからない。

今まで、どんな強さで晴香の手を握っていたのか、わからない。

まさに、この時からだった。

手を繋ぐ。二人の間で当たり前の幸せになり始めていたその行為が、俺の中で、晴香に嫌われるかもしれないという不安と恐怖を伴う苦行に変わっていったのは……。

カノジョの妹とキスをした。

I kissed My Girlfriend's Little Sister ♥

第二十二話　とまどい×ディスジョイント

海キャンプが終わった翌日、これから部活が忙しくなるからと晴香（はるか）は俺（おれ）をデートに誘ってくれた。

二人で初めてのキスをした駅の近くにあるショッピングモールに行き、ランチを食べて、映画を見て、お茶を飲みながら感想会を開く。とても健全な、だけど楽しいデートだ。


そう、楽しいデートになるはずだった。

だけど——二人で過ごす時間、俺の心は楽しさとは真逆の感情で淀（よど）んでいた。

海で差し伸べられた晴香の手を取ろうとしたときと同じだ。

手を繫（つな）いで歩くとき、晴香の手を握る力。それがどの程度のものか。握り方はこれでいいのだろうか。嫌らしいと思われないだろうか。馴（な）れ馴れしすぎないだろうか。俺はずっと心をすり減らせていた。


そして一度意識し始めると、この疑念は手を握る行為だけに止（とど）まらない。

何気ない会話にも、一つ言葉を口にするたび、それはベストな回答だったのか、晴香を不快にさせないかという疑念が付いて回るようになる。


嫌われたくない。

晴香にこれ以上嫌われたくない。


そう怯え続ける自然体とは程遠いデート。

それはとても辛く、とても疲れるものだった。

歯車がズレている。

その理由ははっきりしている。——海の失敗だ。

あの失敗で、晴香に好意の発露を指し『汚れる』と言われたこと、もうあんなキスはしたくないと明確に距離をとられたこと、それが俺の中で晴香に対する恐れを生んでいるんだ。


だけどそれはもう言っても仕方がない。

問題はこの恐れにどうすれば打ち勝てるのか。海に行く前のように、自然体で晴香に接する事ができるのかということ。

俺には……それが皆目見当つかなかった。

結局俺は丸一日、晴香に怯え続け、ほとほと疲れ果てた後、キスを交わすこともなく鉛のような身体を引き摺(ず)って家路についた。

「あ、おかえりなさいおにーさん」


薄い部屋着の上にエプロンをつけた時雨(しぐれ)が迎え入れてくれた。

その姿を見た瞬間、疲れた心が少しだけ元気になる。

その少しの元気で俺は微笑(ほほえ)みを作った。


「……ただいま。飯作ってくれてたのか」

「ええ。今日は我が家の名物料理肉野菜炒め（肉抜き）ですよ」

「それただの野菜炒めだろ」

「いいえ。肉は入っていませんが、肉の油はチューブ調味料で補われているので、これは立派な肉野菜炒めです」

「人はそれを詭弁(きべん)という」

「仕方ないでしょう。キャンプで散財した分節約しないといけないいんですから。少し待っていてくださいね。もうすぐご飯が炊き上がりますから」

「……………ああ」

同じ顔をしている時雨とは、気兼ねなく話せるのに。

ため息を零しながら、俺は居間の畳に座り込む。

そんな俺の姿に、時雨は目ざとく気付いた。

「姉さんと上手く行かなかったんですか？」

「……………怖いんだ。晴香が」

俺は正直に答える。時雨相手に、今更隠しても仕方のないことだから。

「怖い？」

「晴香のＮＧラインがどこにあるのか、ずっとビクビクしながら接してる。手を繋ぐ時も、普通に話をしてる時さえ、晴香の機嫌をずっと窺って、嫌われないか怯えて、ずっと苦しいんだ」

「……………」

「晴香のこと、ちゃんと好きなんだ。大好きなんだ。だから、辛い。この辛さがずっとずっと続いて、いつか自分の気持ちが変わってしまうんじゃないかって……それが怖い」

「気に病んじゃ駄目ですよ。今は少しお互いの歯車がズレているんです。長く一緒にいれば友達や家族だってそういうことはあるでしょう？　それに、ほら——」


言うと時雨はエプロンを解いて、俺の隣に腰を下ろす。

そしてそっと肩に寄りかかるように身を寄せてきた。


「私の顔を見て。……ドキドキするでしょう」

「ああ……」


する。当たり前だ。

長いまつげに、潤いを帯び輝く黒目の大きな瞳。丸すぎるわけでも四角すぎるわけでもない整った輪郭に、あつらえたような形のいい鼻。口紅なんて塗らなくても血色のいい桜色の唇。思わず手を伸ばして撫でたくなる染み一つない真っ白な頬。

どれもこれもが、俺の大好きな形だ。

何時間だって飽きずに見ていられる。

「それは私が姉さんの双子の妹だからです。おにーさんが大好きな人と同じ顔、同じ声、それがこんなに近くにあったら、ドキドキするのは当然ですよね。つまりそのドキドキは、おにーさんがちゃんと姉さんのこと好きだっていう証拠です。だから安心してください。おにーさんの心は変わってなんていませんよ」

「…………」

「それでも不安なら、その証(あかし)を、私がいっぱい感じさせてあげますから」


時雨はそう言うと、俺の頬をそっと撫で下ろし、顎(あご)を軽く下に向かせる。

それから唇を近づけてきた。

その濡(ぬ)れた唇に、俺は海での間違いを思いだす。

あの融(と)けそうなほど気持ちよかったキスを。


……ダメだ。

目の前の気持ちよさに負けて、同じ間違いを繰り返すなんて――

ただでさえ晴香に話すこともできないのに、

「だ、ダメだ。時雨……」

「ダメ、じゃ駄目です」

「え……？」

「私はおにーさんの気持ちを無視するようなことは二度としません。そう約束しました。だから……嫌なら『ダメ』ではなく『嫌』と言ってください。でないと、聞きませんよ？」


嫌——そう一言口にすればいい。

時雨は言って、さらに身体を擦りつけてくる。

ふわりと、甘い香りが鼻腔を擽る。


……そういえば、今日俺は晴香の香りを感じた覚えがない。


それだけ、二人の身体の距離が離れていたんだろう。

それを思うと胸の痛みが、苦しさが、一層激しさを増す。

欲しい。

目の前の、手を伸ばせばすぐに手に入れられる、愛情が欲しい。

望めば望むだけ注いでもらえるそれで、心の飢えを満たしたい。

一度思えば、もう止めようがなかった。
俺はほんのわずか、五センチほどの唇の距離を自分から埋める。
この後、どれだけ強烈な副作用が襲ってくると知っていても、求めずにはいられない。
時雨の愛という甘美な猛毒がもたらす恍惚に抗えない。
だって……だって……
俺はもう、時雨越しにしか晴香に触れられないのだと、思い知らされたから。

「おにーさんは頑張っていますよ。こんなに辛いのに、姉さんに距離をとられて、自分の気持ちを否定されたことが苦しいのに、ちゃんと堪えて、我慢して、それを姉さんにぶつけないようにしてるんですから」
「時雨……」

沈んでいく。
堕落していく。
そして時雨は——そんな俺をどこまでも許して、受け入れてくれる。

「姉さんをまた怖がらせてしまわないために頑張る素敵な彼氏さん。そんな彼氏さんには、ご褒美をあげますね」

言うと、時雨は妖しく微笑みながら彼女の肩を掴んだ俺の手を取り、自分の胸に誘った。

って、えええええ!?


「な、なにを!」

「何って、だっておにーさん、おっぱい好きでしょ」

「な、なんでそんなことを知ってるんだ」

「そりゃわかりますよー。あの晩キスしながら触りたそうに撫でてましたし。……あと普段からチラチラ私のおっぱい見てるの、知ってるんですからね」

「う……」


そ、そうなのか。

なんかもうあのときは必死で、あんまりよく覚えてないんだけどそんなことしてたのか俺は。

「私の中に姉さんを見て。そうしながらおっぱいを撫でたら、きっとすごくドキドキして、いっぱい好きだってキモチ、感じられますよ。きっと」

「っ～～～～」

俺にそう囁きながら時雨は俺の手の上に自分の手を被せ、胸に押し付けてきた。

そして円を描くように動かす。

俺の手のひらの下で、時雨の胸がぷにぷにと形を変える感触が伝わってくる。

や、やわらかい。とろけるように柔らかく、だけど張りのある、手のひらに丁度収まるサイズのまぁるいもちもち。

すごく気持ちよくて、すごくドキドキする。

この男の身体のどこを探しても無い感触を、確かに俺は知っていた。

でも、俺の手が思いだす感触と、……なんか前と少しだけ違うような気がする。

どうしてだろう。って――


「あんっ」

「っっ⁉︎⁉︎」


そのときだった。

時雨が聞いたこともないような、なんだか聞いてはいけないような甘ったるい声をあげ、身体を震わせたのは。

でも俺は——そんな声に耳を傾けるどころじゃなかった。

時雨が甘い声をあげる直前、自分の手の指、その股に感じた、もちもちとした肉の感触じゃない指に引っかかる豆粒大の異物感に、自分の血が一瞬にして沸騰したような感覚に陥っていたからだ。

まさか——

手を退かし、恐る恐る目線を下げる。

時雨の胸元を窺う。

そして、見つけた。

時雨の胸の中心、そこにあるつんと上向いた突起の存在を。

「し、時雨、おまえ、これ……これぇえ!!」

「……ええ。私、今日ずっと家にいたからつけていないんですよ。ブラジャー」

「な、なあっ!?」

時雨の言う通りだった。

乳首だけじゃない。夏の熱さで時雨の肌にぺったりと張り付いた薄手のシャツ。それが俺の手によって馴染(なじ)まされて、片方の胸だけ、その形がはっきりくっきりと浮かび上がってしまっていたのだ。

……こ、こんな状態で俺に触らせていたのか！

「な、なんてことするんだ、お前は！」

「別に私は気にしませんけど」

「気にしろよ！　女の子が、こ、こんな気安く身体を、しかも胸を触らせるなんて、ダメなんだぞ！」

流石(さすが)にお兄ちゃんどうかと思うぞ！

だけど、そう説教する俺に時雨は微笑みすら浮かべた。

「気安くなんてありませんよ。おにーさん以外に触らせる気なんてありませんから」

「……！」

「おにーさんだからいいんです。おにーさんに触ってもらえると、すっごく嬉しいもの。おにーさんも姉さんにはぶつけられない気持ちを胸の奥で腐る前に吐き出せる。そして姉さんはこのことを知らない。私も言わない。誰も傷つかない。誰も損しない。だから、ね。──もっと好きにしてもいいんですよ」

そう言って、浮かび上がった胸を強調するよう腕で下から持ち上げる。
薄手の生地が張りつきはっきりと形の浮き出た胸が、ぷるると揺れる。
……これを、もっと好きに。

したい。

罪悪感とか、倫理感とか、そういうのを殴り飛ばして先立つ欲求がある。
目の前のこの小さな丸みには、それだけの魅力がある。
本能に訴えかけてくる強烈な引力を感じる。
そして、『好きにしていい』と言った時雨の言葉に嘘はない。
きっと時雨は、俺になんだってやらせてくれる。
時雨が俺に注いでくれている愛情の強さを知っているから、そう確信できる。

この小さすぎも大きすぎもしない、手に心地よく収まる可愛らしい胸を、俺の好奇心の赴くままに——

だけど、

この時雨の愛情に対して、俺の度胸がまったく足りなかった。

「い、いやいい！　もう十分元気出た！　十分すぎるくらいだ！」

指の股に生々しすぎる感触が残ってる。

これ以上なんて頭がどうにかなってしまう。

だから俺は畳に尻を擦らせながら壁際まで逃げた。

時雨はそんな俺を見て、目を細め、唇を意地悪な形に歪めた。

「このいくじなし♡」

「っ……！」

「でもそんなところも可愛くて好きですよ。おにーさん」

その時、炊飯器がアラームで炊き上がりを知らせてくる。

これに時雨はさっきまでのムードはどこへやら、ぴょんと跳ねるように立ち上がり、乱れた服を直して言った。

「さあ、ご飯にしましょう。テーブルを出してもらえますか」

「あ、ああ」

バクバクと暴れる心臓を抑えながら、俺は腰を上げる。

そのとき気付いた。

この家までの道中に感じていた、鉛のような身体の重さが、いつの間にかどこかに吹っ飛んでしまっていることに。

第二十三話　だらだら×サマーデイズ

八月一日。

その日、神奈川(かながわ)は記録的な猛暑日になった。

エアコンなどという高級品が存在しない佐藤(さとう)家にとって、大変なことだ。

俺(おれ)と時雨(しぐれ)はせめて最も暑くなるだろう昼前に宿題を片付けようと、居間にテーブルを出してこれに挑んでいたのだが、いやまったくの悪あがきにすぎなかった。

朝のうちからすでに殺人的に暑い。

俺達は結局ノートを広げただけで力尽きてしまった。


「あっちぃ……」

「今日は一段とひどいですねぇ……。こんなんじゃ宿題もできませんよ」


普段俺の前であまりだらしない姿を見せたがらない時雨も、今日ばかりは脱力しきった顔でテーブルに突っ伏してのびている。いや溶けていると言った方が適切か。

俺もきっと同じようなだらしない顔をしているんだろう。

「エアコンほしいなぁ……」

「ウチにそんな余裕があるとでも？」

「……ないです」

なんだかんだで俺達の両親は俺達の教育に金をかけてくれてる。星雲(せいうん)って私立だし。

そのぶん生活の方はどうしても厳しくなるのだ。

「あ、そうだ。そのゲーム機、最近プレミアらしいですよ。売ったらエアコン買えるんじゃないですか」

「絶対に嫌だ。ビッグカメラの抽選に五度挑んでやっと買えたんだぞソレ」

「……ていうか風鈴外しません？　うるさい」

「…………あるだけ付けたらそのぶん涼しくなると思ったのは安直だったな……」

窓にぶら下げた風鈴五つを見上げる。

親父の部屋を掃除したとき出土したものだ。

親父の趣味ではないのでもしかしたら母親との想い出の品かと捨てずに置いておいたものをとりあえずつけてみたんだが、先ほどからぬるい風が吹くたびにリンリンリリンリンやかましい。

度の過ぎた暑さには度の過ぎた涼で対抗しようとしたが、浅はかだったらしい。

俺は自分の失敗を認めて、風鈴を一つだけ残し取り外す。

……ただ、風鈴を外したら外したで今度は蟬の大合唱が部屋の中に飛び込んできた。

五感すべてに夏を叩きつけられ、眩暈がしてくる。

そのあたりでついに時雨がキレた。

「あー。もーだめぇ。やめましょうおにーさん。こんな煮えた脳味噌にどれだけ知識を叩きこんでも耳からどろどろーって溶け出てきちゃうだけですよ」

ぺい、と時雨は今まで気力で握りしめていたシャーペンを投げ捨てる。

「……図書館にでもいくか？　あそこならクーラーついてるし」

「この炎天下の中をですか？」

「……死ねるな。間違いなく」

「もう今日は宿題は諦めて、水風呂作りましょうよ。お風呂に水溜めて。きっと気持ちいいですよ」


確かに、こんな状態で無理に宿題をやるのはかえって効率が悪いかもしれない。

こんな煮えた頭じゃ精度も信用できないし。

何より時雨の提案は本当に涼しそうで魅力的だった。

そう考えた瞬間、俺をかろうじて勉学に繋ぎとめていた糸もぷっつり切れた。


「いいなそれ。やるか！　じゃあどっちから入る」

「え？　水着を着て一緒に入ればいいじゃないですか」


あ、そうか。

水風呂っていうからなんか銭湯のサウナの後に入るアレを思い浮かべてたけど、時雨はプールみたいな感覚で言ってたんだな。

確かに水着を着て二人でワイワイ入った方が楽しそうだ。待っている人間に気を使わなくてもいいし。


そうして俺達は水風呂の準備を始めた。

まあ準備といっても夏に入ってからあまり使っていなかった浴槽(よくそう)を掃除して水を張るだけ。簡単なものだからすぐに終わる。

しかしこのクソ暑い中さらに運動を強いられたことで、俺の身体に溜まった熱は相当なものになっていた。

もう我慢できない。

時雨が着替えのために自室に引っ込んだのを確認するや、俺は服をはぎとるように脱ぎ去って水着に着替えると、水を張ったバスタブに飛び込んだ。


「うぉぉう……!」


つ、つめてぇぇぇ~~~~!

でも、気持ちいい~~~~!

火照った体の熱が溶けだしていくのがわかる。

「どーです？　いい感じですか？」

「おー！　こりゃいいわ。時雨も早く来いよー」

ドア越しに呼びかけてから、俺はふと気付く。

……そう言えば、時雨の水着ってまだ見たことなかった。

海ではアイツ、ずっとシャツ着てたし。

あのシャツの下、どんな水着だったんだろう。

俺が想像しているうちに、風呂場のドアが開いた。


「失礼しますねー」

「――――っ、」


瞬間、俺は思わず息を呑む。

時雨の水着は黒地のビキニで、それはこう、俺達健全な男子高校生がビキニという単語で想像する通りの、布面積の少ない大人っぽい水着だった。

「ほらおにーさん。ちょっと足を引っ込めてください。狭いんですから」

「あ、ああ、すまん」

「っ、んんんぅ〜〜〜〜、つめた〜〜〜〜」

でも気持ちいい〜と、俺の前に入ってきた時雨は身震いする。

すると、きゅっと縮こまるように寄せた腕に胸が圧(お)され、クッキリと谷間が出来る。

な、なんか見てはいけないものを見ている気分だ。

「私、海キャンプの前に姉さんと水着買いに行ったんですよ。おにーさんに見せる水着、一緒に選んでくれって言われて。で、そのときこの水着を姉さんに薦めたんですよ。男子は少し大胆で、だけどエグすぎないこのくらいのが好きだって。でも恥ずかしがっちゃって」

「ま、まあ、晴香(はるか)のキャラ、じゃないよな」

「フフ、でも私の選択は正しかったみたいですね。おにーさんの顔を見ればわかりますよ。このスケベ♪」

「ぐ……」

時雨は俺を見てにやにや嬲(なぶ)るように嗤(わら)う。

自分では見えないが、きっとだらしない顔をしてるんだろう。

だって、水着姿の時雨は大人っぽくてすごく綺麗だから。

「えいえい」

「ぶあっ！　ちょ、やめ、やめろ！」

「今更目を逸らしても遅いですよぅ。顔真っ赤にしちゃっておにーさんカワイイ。そのお顔、私が冷ましてあげますよ。こうやって♪」

ばしゃばしゃ、時雨は水を両手で掬っては俺の顔にぶつけてくる。

最初は防御に徹していたが、俺が守れば守るだけ時雨は調子に乗りやがる。

流石にしつこい。

「っ、この、いいかげんにしろ！　オラ！」

「きゃあ！」

「そらそら！　男の方が力も手も大きいんだから勝てるわけないだろ！　身の程を知れ！」

お返しとばかりに俺からも時雨の顔面に水を叩きつける。

それも連打だ。

力任せの猛攻で時雨が顔を守ること以外できないようにしてやる。

「わ、ぶっ、ま、負けるもんですかー！　こっちには秘密兵器があるんですからね！」

秘密兵器だ？

何を子供みたいなことを——と俺が首を傾げた瞬間、この女、立ち上がると壁に引っかかっているシャワーに手を伸ばしやがった。

「ちょ、シャワーは卑怯だろ！　つ、つめてえええ!!」

「だーれが勝てるわけないですってー？　おにーさんこそ身の程を知るべきですね。この私がクソ雑魚おにーさんなんかに負けるわけないでしょ！　あはは！」

ひぃ、ひぃぃぃぃ！

マジで冷たい！

シャワーから出てくる水は体温と気温でぬるくなった湯船の水とはわけが違う。

しかも立ち上がった体勢から浴びせかけてきてるから、湯船の水で反撃しようにも顔に届かない。なんて卑怯な空爆だ。

でもそっちが何でもありならこっちにだって考えがある。

俺は自分の背後の蛇口を思いきり捻り全開にする。

風呂場の水道管は元をたどれば一本だ。こっちで水を出せばシャワー側に流れる水量は減って勢いが衰える。

それに加えて――こっちは反撃だってできる！


「きゃああっ！ つ、冷たいいい!! おにーさん、ずる、んんっ！」


俺は水の噴き出す蛇口を指で塞いで、隙間をコントロールすることで水圧を高めた水鉄砲を勝ち誇っていた時雨の顔面に叩き込んでやった。

シャワーなんかとは比較にならない勢いの冷水を顔面に受けた時雨は、普段のすまし顔からは想像もできない、くしゃりとした不細工顔になる。

それがなんか笑えた。

こんな扱いは晴香には絶対にしない。とてもじゃないけどできない。

でも時雨相手なら多少雑に扱ってもいいかという気分になる。

それが……今の俺にはとても居心地がよかった。

×　×　×

やがてはしゃぎすぎて息が切れた頃、どちらともなく俺達は和睦を申し出て、この不毛な水掛け戦争は終結した。

友好を結んだ俺達は、足を突っ張り合って向き合う窮屈な姿勢をやめ、時雨が俺に背中をあずけるように座ることで小さな湯船に収まる。

そして俺達の体温と夏の熱さでぬるくなった水風呂に浸かりながら、小さな換気窓から聞こえてくる夏の音に耳を傾けた。

「あ。おにーさん。風鈴の音が聞こえますよ」

「ホントだ。一個だけのほうがやっぱり涼しげでいいな」

「まあ、それは当たり前ですけどね。むしろなんで五つもつけようと思ったんですか」

わからん。たぶん暑さでおかしくなってたんだと思う。

俺は涼の音に耳を澄ますため目を閉じる。

すると風鈴の音だけではなく、色んな音が聞こえてくることに気付いた。

蝉の声や風の音、子供の笑い声に、車が走る音。自転車のベルの音。

しかし、そのいずれもが——遠い。

さっきまであれだけうるさかった蝉の声さえ、湯船に張った水が揺れる音に負けている。


「なんだか、不思議な感じ。時間が止まってるみたい」

「……ああ」


……俺も同じことを感じていた。

この二人きりの空間と、外の世界との間に距離を感じる。

ここだけ、世界から切り離されているような非現実感。

でも——それは不思議と心地よかった。

こんな時間がずっと続けばいい。

そう思うほど。

それはきっと……きっと……ここに時雨が居てくれるからだろう。


「あっ……」

そう思うと、俺の身体は自然と、俺に背を向けて座る時雨の腰に手を回した。

これに時雨は肩越しに振り返り、何かを期待するような表情で尋ねてくる。

「あらあら。また私に甘えたくなっちゃいましたか？」

「……ううん」

その時雨の問いかけに俺は首を横に振った。

……そういうのじゃない。

晴香を感じたくて、時雨を抱きしめたんじゃない。

ただただ――、

「なんか、こうしたくってな」

そう、こうしたかったんだ。

時雨と。俺の可愛い妹と。

この俺の言葉に時雨は少し驚いたように目を丸くすると、ぷいっ、と前を向いてしまった。

「嫌だったか？」

「……いいえ。べつに」


声が微妙に小さくて、揺れている。

もしかして、照れてるのかな？

まあ嫌じゃないならしばらくこうしていよう。こうしていたい。


とはいえ——だ。

どれだけ心地いい時間でも、いつまでもこうしているわけにもいかない。

そんなに長い時間水風呂に浸かっていたら流石にふやけてしまう。

なにより、少し腹もすいてきた。

それは時雨も同じだったのだろう。

彼女はそっと俺の手を解（ほど）いて立ち上がると、言ってきた。

「そろそろお昼の時間ですし、今日は胃袋でも夏を感じましょうか」

「胃袋で？」

「ええ。実は昨日お隣さんからスイカのおすそ分けを貰（もら）ったんです。それをお昼御飯にしましょう」
「おお、いいなそれ！　食おう食おう！」
スイカ。そういえば冷蔵庫の野菜室に入っていたな。
ありがたい。夏を堪能するのにこれ以上のものはない。
俺達は一緒に湯船を出て、タオルで身体を拭く。
それから浴室から各自の部屋に移動して、部屋着に着替えなおした。
さすがに水着のまま食事というのは行儀が悪いからな。

「うん……？」

そのときだ。
俺は自分のスマホに着信が入っていたことに気付いた。
誰(だれ)からだろうと通知を見ると、――それは晴香からの着信だった。

「…………」

俺は相手の確認だけして、スマホを手放す。

入っていた不在メッセージの再生は、しなかった。

×　×　×

「あーあー！　またですかおにーさん！　ダメ！　やめてください！」

「フハハ！　やめてやめてと言われてやめるアホがいるか！　そらくらえ！」

「ひどいひどい！　一度ならず二度も出すなんて！　あーあーあーーーー！」

二分割されたテレビの画面。

俺が投げた一位をピンポイントでクラッシュさせる甲羅が、独走状態だった時雨のバイクを爆破して試合の流れをひっくり返す。

グランプリファイナル、ゴール直前の出来事だ。

俺は加速しきれない時雨の脇をすり抜け、フィニッシュを決める。

「よっしゃー！　逆転ー！」

「あーん。せっかくグランプリ優勝目の前だったのにー」

ひどいひどいと時雨が俺の肩を丸っこい拳で叩いて抗議してくる。

ふふ、敗者の遠吠えほど気持ちいいものはないなー。

「マリカーはドベに近い方がいいアイテムが出るから、最後まで油断禁物だぜ」

「だからって二連発トゲゾーは酷いですよ。チートですよ。不愉快なのでやっぱり売りましょうよコレ。それでエアコン買いましょう」

「絶対にＮＯッ。一度売ったらもう買えないかもしれないんだぞッ」


俺と時雨の勝敗はこれで五分だ。

やっぱりゲームは同じような実力の人間とやるのが一番楽しい。

次はキャラクターも変えるか。

と、俺がコントローラーを操作したときだ。

ひぐらしの声に乗って、一日の終わりを知らせる防災無線の音楽が聞こえてきた。

「あ、夕焼け小焼けだ。もうそんな時間なんですね」

マジか。マジだ。

時計の針はもう五時を指している。

これっぽっちも夕焼け感ねえけど、結構夢中になっていたみたいだ。


「そろそろおゆはんの準備をしましょうか」

「晩飯なににするんだ？」

「正直今日は気が抜けちゃってますからねぇ。あんまり手の込んだ料理はしたくないんですが、かといって昼スイカだけだったんで油っ気のあるものを食べたいところ。そうですね。ソーメンとかどうです？　それに付け合わせで野菜を適当に天ぷらにする感じで」


おお。それもまた夏っぽくていいな。

宿題を投げ出して、水風呂に入って、スイカを食べてゲーム三昧（ざんまい）。

いかにも夏休みな一日を締めくくるにはぴったりだ。


「俺も手伝うよ」

「じゃあ天ぷらの衣を作ってください。作り方わかります？」

「袋の裏に書いてるだろ」

「ええ。あ、でもあまり混ぜすぎないでくださいね。ダマが少し残るくらいで」

「え。そうなの？」

「あまり混ぜすぎると衣が重たくなっちゃうんですよ」

「時雨はほんと色んなことを知ってるな」

「でもアウトドアはおにーさんに一日(いちじつ)の長(ちょう)がありましたね。あのバーベキュー、すっごく美味(おい)しかったですよ。見直しました。あれは家では出せない味ですねー」


だろうだろう。

料理上手な時雨に褒められるとわりと気分がいい。

「また食べたいから、お母さん達が帰ってきたら家族みんなでキャンプ行きましょうよ」

「いいな。親父もきっと乗ってくる」

と、そんな会話をしながら生地に使う卵を冷蔵庫から取り出した時だ。

俺の携帯が着信を知らせてきた。

「私がやっておきますから、大丈夫ですよ」

時雨にそう促され、俺は居間の床で震えているスマホを取りに行く。

相手は、——やっぱり、

「また晴香からか」

「また……？」


しまった。不用意なことを口走った。


「……実は昼、水風呂入ってる間に掛かってきてたんだけどな」

「なんですぐ掛けなおさなかったんですか？」


なんでだろう。

別に何か深く物事を考えての行動じゃない。

殆ど衝動的に、俺は晴香の電話を後回しにした。

そう。そのとき掛けなおしたいと思わなかったからだ。

じゃあなんで掛けなおしたくなかったのか、というと、思い付くのは一つしかない。

「今日は、時雨と家でゆっくりしたいって、思ったからかな」


時雨と気兼ねなく遊ぶ時間が楽しかったんだ。

晴香と話すとどうしても電話の向こうの相手の表情を気にしてしまう。

言葉選びにしても、受け答えにしても、自分はベストな答えを返せているのだろうかと。

だから、……折角の楽しい時間に、そんなことで気を揉むのが嫌だったんだ。


でも流石に二回も無視するのは気が引ける。

俺はスマホを拾い上げると通話ボタンを押した。


『あ。つながった。こんにちわ、博道くん。……あ、もうこんばんわかな？』

「こんばんわ。晴香。どうしたんだ？　今日は朝から晩まで部活だって話だったけど」

『うん。最近いつもそんな感じで、あんまり博道くんに逢えないから、声が聞きたくなって。

今お話大丈夫かな？』

「……ああ。大丈夫だぞ」

手伝うと言った傍から申し訳ないが、時雨が請け負ってくれたのでここは甘えよう。

俺は座布団の上に腰を下ろし、晴香と向き直る気構えをする。


晴香の話の内容は本人が声を聞きたかっただけと言った通り、他愛ないものだった。

秋の文化祭に向けて新しい演目の練習を始めたとか、昼間に部活のみんなで以前俺と晴香が行ったラーメン屋に行ったとか、部長がまた脱ぎ出したとか。


晴香は演劇が好きだ。離婚で離れ離れになったお母さん——つまり今の俺のまだ顔も見たことない義母の影響だと言っていた。

そして俺も、演劇に夢中になってキラキラしている晴香の姿を見たり、話を聞くのは大好きだ。……大好きだった。


だけど、今は——

決して楽しくないわけじゃない。

晴香が俺の声を聞きたくて電話を掛けてきてくれたこと、それは嬉しい。

逢えないからせめて声だけでも、そう強く俺を望んでくれることは、すごく。

でも、——だからこそ、思うんだ。

そんなに好きなら、海キャンプでもっと俺を信じてくれてよかったんじゃないか、って。

「うん。うん。…………そうだな。わかるわそれ」

……晴香は万が一止まれなくなったら怖いと言っていた。

でも、そんなのは万が一にも起こらないことだ。断言できる。だって、俺は理性のない獣じゃない。俺だって晴香のことはものすごく大切に考えてるし、晴香の身体のことを無視して自分の欲を満たそうなんて考えたこともない。

あの日だってそうだ。

俺はただ、もっと多く、もっと深く、晴香に触れたかっただけ。

自分が晴香をどれだけ愛しているかって伝えたかっただけ。

晴香にひどいことをするつもりなんて微塵もなかった。

実際、あの後、俺は時雨とだって晴香を重ねてキスしただけで、それ以上何もやってない。

……なのに、

晴香は、そういうことをするかもしれない奴、として見ていたんだ。

その信用の無さを思うと心が重くなる。

晴香、本当に俺のこと好きなの？


どんな楽しい話題を晴香が口にしても、頭の裏にべったりとこの黒いどろどろとした疑念が張りついているんだ。

そしてそのどろどろした気持ちを表に出さないようにするため、俺は受け答えのすべてに心を配り、疲弊していく。

まるで面接試験のようで……早く満足してくれないかな、なんてことすら考えてる。

そう、そんなことを考えていたときだった。

ふわりと、まるで親鳥がひな鳥を翼で包むような優しさで、後ろから抱きしめられたのは。


「っっ〜〜〜〜⁉」


背中にしな垂れかかってきた時雨。

なんのつもりだと肩越しに振り返ると、目が合った。

「……さっきのは、ちょーっと失言が過ぎましたね。おにーさん？」

ドクン、――と心臓が高鳴る。

時雨の様子が、じゃれ合っていた先ほどまでと全く変わってしまっていたからだ。

熱病に侵されたように上気した頬（ほお）と、零（こぼ）れそうなほどの情愛に濡（ぬ）れた瞳（ひとみ）。

俺とキスをするときに見せる、興奮した表情だ。

一体どうして急に――

そもそも失言ってなんだ……⁉

時雨の豹変（ひょうへん）に困惑し目を瞬（しばたた）かせる俺に、時雨は言ってきた。

「最近おにーさんが可哀（かわい）そうだったから、優しくし過ぎちゃいましたかね？　もしかしてお忘れですか？　貴方（あなた）の妹が、とっても意地悪で、とっても怖くって、……そしてとっても貴方のことが好きだってこと」

「っ……！」

「そんな私が、彼女より私と一緒に過ごしたかったなんて可愛いこと言われて、ただで済ませると思ってるんですか？　おにーさんは今、自分を虎視眈々（こしたんたん）と狙（ねら）う虎（とら）の目の前でごろりんとお腹（なか）を見せたんです。白くてやわらかいお腹を。これはもう……食い殺されても文句言えませんよねぇ？」


時雨の細い指が首と腹を這う。

牙を立てるように爪を軽く立て、擽る。

興奮で熱を帯びた言葉には、理性的な冷静さは感じられない。

ていうか、食い殺すって、一体何をする気なんだ。

物騒すぎる言葉に息を呑むと、

『ねえ！　博道くんってばっ！』

「うあ⁉　な、なに⁉」

『聞こえてなかったの……？』


反対の耳に晴香の声が刺さる。

いけない。時雨に気をとられてて全く聞いていなかった。


「あ、ああわるい、なんかちょっと、電波が悪いみたいで……」

「ダメじゃないですか。おにーさんは今大切な彼女と電話してるんだから。ちゃんと姉さんの声に集中しないと。妹の言葉なんかに耳を傾けちゃ、ダメ。怪しまれますよ」

「っ……！」

だ、誰のせいだと……！

と抗議することもできない。

晴香に聞こえてしまう。

『そうなんだ。あのね、今週末は部活がないから、あたしの家で一緒に宿題やらない？』

「そりゃ、もちろん――」

「……私も、今日一日とっても楽しかったですよ。勉強もしないでだらだらして、一緒に水風呂に入ったり、スイカ食べたり、ゲームしたり……。なんてことない一日だったけどすごく満たされて、幸せでした。こんな時間がいつまでも続けばいいのにって思うくらい……」

こんな時間がいつまでも――

俺と同じことを時雨も考えていた。

そのことにドキリとする。

「……ずっと、こうしていたいなぁ。大好きなおにーさんと」

「う、っ」


俺の首を擽っていた指が、つつ、と胸板に降りてくる。

白い指が胸の上で踊って擽ったい。

俺は思わず漏れそうになる声を噛み殺す。


「っっ～～～～、」

『よかったー。博道くん頭――一緒にいてくれると――――、えへへ、またテストの――――みたい――――するね』

「ねえ。もし今ここで私が声をあげたら、どうなっちゃうんでしょうね？　きっと何もかもがめちゃくちゃになってしまいますね。おにーさんが頑張って我慢して、それでも守ろうとしてる姉さんとの関係も、姉さんの笑顔も、全部、ぜーんぶ」

『それに実は――――伝えたい――――それに――――――、あれ？　また――――かな？』

「でも、それも悪くないんじゃないですか？　だって最近のおにーさん、本当に辛そうだし。自分で壊す勇気がないなら、私が今ここで、代わりに壊してあげてもいいんですよ。おにーさんが、今日みたいな時間を過ごしたいと思ってくれているなら……」

耳を食むほど近くで囁かれる時雨の言葉。

それに俺は背筋が凍り付くほどの寒気と――絶望を感じた。

晴香にバレる。

俺と時雨の関係も、俺が時雨に何をしたのかも。

そんなことになったら、晴香との関係が壊れてしまう。

確かにそうなれば、今俺が晴香と会うたび話すたび感じている苦しさからは解放されるのかもしれない、けど、けど――……ッ

「やめて、くれ…………」

『――。――――？――――――！』

「嫌ですか……？」

頷く。

嫌だ。嫌だ嫌だ嫌だ。

もう愛し方も愛され方もわからなくなってしまっている。

晴香と居ると心はぐちゃぐちゃになって、辛いことばかりが目に付く。

でも――それでも一緒に居たいんだ。

俺が晴香のことが好きだってことだけは、ハッキリしてるんだ。
手放したくない。無くしたくない。
だから俺は蚊の鳴くような声で拒絶する。
すると時雨はそっと俺の背中から身体を離して、
――前に回り込んできた。

「なら、言ってください。私のこと見て、真っすぐに目を見つめて、好きだって。今、ここで、すぐに」

俺の両頬に手を添え、視線を無理やり自分に向けさせて、要求してくる。
少し、不機嫌な顔で。
でも、そんなことをしたら晴香に聞こえてしまう。
無理だ。できない。

よりにもよって晴香にそんな言葉を聞かせるなんてことは――

「嘘でもいいんです。今ここで言葉にしてくれたら、それで溜飲を下げてあげます。でも言ってくれなかったら……おにーさんの不用意な一言で興奮してるケダモノが、何をしでかすかわかりませんよ」

「っ、～～～～」


ギラリと、野蛮な光が長いまつげの奥で揺らめく。

時雨が本気だということが嫌でも伝わってくる。

ホントに、不用意だった。

俺は追い詰められた愚かな獲物だ。

俺が生き残るために選べる選択なんて、もう一つしか用意されていなかった。

俺は真っすぐ時雨の目を見て、言葉にする。


「好き、だ……」

『えっ⁉ ……も、もう、いきなりだね。ちょっとびっくりした。……だけど、嬉しい。博道くんに好きって言われるの。あたしも博道くんのこと、好きだよ』

俺が時雨に言った言葉に、何も知らない晴香が嬉しそうに同じ言葉を返してくる。

ぐちゃぐちゃに食い違う現実に、頭がどうにかなりそうだった。


『あ、ごめん。電車来ちゃった。そろそろ切るね』

「あ、……ああ。部活お疲れ様」

『じゃあ次は週末だね。またあとでＬＩＮＥで時間とか相談しよ。ばいばい』

「ああ、ばいばい」


そこでようやっと晴香との通話が切れた。

それを確認するや、俺は大きくため息を零す。

めっちゃくちゃ疲れた。

心臓が暴れすぎて、呼吸が上手くできない。


「お、お前、お前なぁ……！　流石に今のは、度が過ぎるだろ……⁉」

「あはは。おにーさん汗すっごいですね」

「笑いごとじゃねーし！」

「別に本気じゃありませんよ。だから言ったじゃないですか。大切な恋人の声に集中しなさいって。おにーさんが私の声をちゃんと無視できていたら、何事もなかったんですよ」

「う、うそだ！　絶対本気の顔だっただろあれ！」

「嘘じゃないですよぉ。好きな人にはいじわるしたくなるんです。私」


悪びれる様子もなく笑う時雨。

でも、それを強く咎める元気はなかった。

……いや、元気がないというよりは、正義がなかった。


わかってるんだ。

結局、何もかも悪いのは宙ぶらりんな俺だって。

晴香に対しても。

時雨に対しても。

今の俺は、まったくダメダメだ。

……いつからこんなことになってしまったんだろう。

恋人として、兄として、どっちも自分にできる範囲で少しずつ成長していこう。

少し前までそう心に誓っていたはずなのに。
向かう道が、今はもう真っ暗だ。どう歩みを進めたらいいのかわからない。
俺はどうすればいいんだろう。
俺は、……どうしたいんだろう。
心にいくら問えども答えは返ってこなかった。

カノジョの妹とキスをした

I kissed My Girlfriend's Little Sister ❤

第二十四話　純愛×ファンブル

戻りたい。

大好きな晴香（はるか）に、気兼ねなく大好きだと伝えられる関係に。

先日の電話の一件で俺（おれ）はそういう自分の気持ちを再確認した。

だったら、時雨（しぐれ）という甘美な猛毒に酔っていちゃだめだ。

時雨は甘くて、優しくて、俺のすべてを俺の望むままに叶（かな）えてくれる。

だけどそれに溺（おぼ）れていたらずぶずぶと深みにはまっていくだけだ。


晴香と向き合わないと。

そして信じてもらえるようにならないと。

俺が晴香の身体のこと、ちゃんと考えているって。

衝動的に彼女を傷つけるようなことをする男じゃないって。

それを信じてもらえたら、きっと晴香も……あの時のキスを許してくれる。もっと強い絆（きずな）で俺達は結ばれるようになるはずだ。

となると問題は、信じてもらうために俺は何をすればいいのかということだ。

正直、皆目見当もつかない。

ここはやっぱり、友衛(ともえ)あたりに相談してみるべきか――


「あの、店員さん？」

「あ、すいません！　いらっしゃいませ！」


いかんいかん。

レジにお客さんが来ているのに考え込んでしまっていた。

俺は十月の晴香の誕生日にプレゼントを贈るため、剛士(たけし)にドラッグストアのバイトを紹介してもらったのだ。

紹介採用なんだから、ちゃんとしないと。

自分を叱咤(しった)して俺はバーコードリーダーを手に取り、レジに来た客を相手にする。

――って、うわ。このお客さん、すごい美人だな。

美人っていうか、美少女か。顔つきや髪の色を見る限り日本人じゃないよな。目鼻立ちがクッキリしている。背も高いし、何とは言わないがめちゃくちゃデカい。

でもお姫様みたいな気品の中に、どことなくあどけなさも残っている。

もしかして年下？

と、……いけないいけない。

またボーっとしてしまうところだった。

早く会計をしないと。……って、

「…………っ」


女の子が持ってきた商品を見て、俺は凍り付いた。

リップ。香水。ペットボトル飲料。そこまではいい。でも、この『０・０１ｍｍ』とデカデカと書かれた長方形のパッケージは――『本番じゃないときのゴム』だッ！


こ、こんな美人な女の子でも、こういうの買うんだ。へ、へぇ……。

いや美人だから、なのか？

彼氏と使う、ってことなんだろうな。

なんかイケないものを見てしまった気分。

意識してると顔にはっきり出てしまいそうだ。早く袋に詰めないと。

「ありがとうございました」

「～～～っ」

赤い髪の女の子はレジ袋をひったくると、逃げるみたいに走り去っていった。

……顔に出てしまっていたかな。

だとしたら非常に申し訳ない。


「博道（ひろみち）」


女の子が店から出ていった後、それを見計らったように隣のレジに立っていた剛士が、すこし赤らんだ顔で話しかけてきた。

「い、今の可愛（かわい）い子が買って行ったのって、あ、あれじゃろ？『本番じゃないときのゴム』じゃろ？」

「ああ。『本番じゃないときのゴム』だ」

「や、やっぱりか！　み、乱れとる！　この国の若者の性は乱れておるぞ！」

世を憂う筋肉。

いやまあ、どう見ても外国人っぽかったけどな。

「ワシはな博道、この目に映る人間の数だけセックスがあったのかと思うと、時々頭がおかしくなりそうになるんじゃ」

「それはもうおかしくなってるから病院に行け」

まあでも、同い年くらいの子がああいうの使ってるんだと思うと、すごい世界もあるもんだなぁという気持ちにはなる。

抱きしめることも覚束ない今の俺と晴香がこんなものを使う日なんて、一体何年後になることやら。

「……いや」

そのときだった。

俺の脳裏に、俺の抱える問題を解決に導く光明、起死回生の閃きが走ったのは。

そうだ、そうだよ。

俺に足りなかったのはコレ、だ！


「剛士！」

「な、なんじゃい」

「このコンドーム、俺の分も包んでくれ！」

「この裏切り者がああああ！　キサマなんぞとはもう絶交じゃああああ‼」

×　×　×

そして、ついに来た週末。

俺は晴香の自宅にお邪魔して、一緒に夏休みの宿題をやった。

せっかくの夏休み、彼女と二人きりでやることが宿題かよ、と思うかもしれない。

でも勉強というのは人間スペック中の下くらいの俺が、S級美少女の晴香相手に唯一マウントをとれる分野だ。

彼女に頼られ、それに応えられる勉強会デートは、実は結構好きだったりする。

それに女子の部屋に入るという状況は、それだけ男子にとっては楽しいものだ。

時間は飛ぶように過ぎて、あっという間に夕暮れになった。


「ありがとう博道くん。おかげですっごく捗った！　頭のいい彼氏がいると宿題がすぐに片付いて部活に打ち込めるから助かるよー」

「このくらいお安い御用だって。昼飯も奢ってもらったしな」

「安いハンバーガーだけどねー。もっと高いのでもよかったんだよ？」

「いやいや。それでも６００円はするしさ。それに晴香は部活頑張ってるからバイトしてないじゃん。そんな彼女からこれ以上毟るのは忍びねえよ」

「物わかりのいい彼氏さんが居てあたしは幸せです」


拝み手を作って感謝感謝と呟く晴香。

その口元はなんというか「へにゃん」とだらしなくはにかんでいる。

今日はそんな表情が多い気がする。


「なんか今日は機嫌がいいな。晴香」

「え、そう見える？」

「うん。口元が可愛い。何かいいことでもあったのか？」

問うと、晴香の表情が一層だらしなく融けた。

「まあ、ね。……あのね博道くん。今日博道くんを呼んだのは、電話でも話したけど、博道くんに一番に伝えたいことがあったからなの」

「俺に？」

「うん。まだパパや時雨にも話してないんだけどね。フフフ」

言うと晴香は「こほん」と可愛らしく咳払いして、胸を張りながら俺に伝えてきた。

「えー不肖、才川晴香、今年の文化祭演劇の主演女優に決定しました！」

「おおおっ⁉　マジか！」

「マジなのです！　この間部長に通達されたの！　文化祭は晴香のために脚本を書くからって！」

「へえ、あの部長が――……………」

『もう最近の晴香を見てるとこう、私の中の創意がムクムクと刺激されるのよね。この可愛い恋する乙女を……どんな悲劇で弄んでやろうかって』

「……なんかめっちゃ不安になってきたんだけど、変な劇じゃないよな」

「あはは。部長は普段あんな人だけど脚本に関してはプロだから、変なものなんて出てこないよ」

そうなのか。ならいいんだけど。

「でもそうか。主演か。晴香ずっと頑張ってたもんな」

星雲の演劇部は作家として有名な部長の求心力もあってそれなりの大所帯だ。

そこから主演に選ばれるというのがどれだけすごいかは、ド素人の俺にもわかる。

心から溢れ出てくる喜びを隠し切れないといった晴香のキラキラした顔を見ていると、自分のこと以上に嬉しくなってくる。

……そんな自分がいることに俺はホッとする。

それは俺が晴香のことが大好きだっていう証拠だから。

そうだ。俺はこの笑顔が大好きなんだ。
晴香の明るい笑顔を見ているだけで心が躍る。
愛おしさが苦しいくらいに溢れてきて、抱きしめたくなる。
抱きしめて、キスしたくなる。

俺は、――もう一度この溢れ出してくる想いに従おうと思う。

だって、この想いは正しいはずだ。
一度晴香に否定されて、ずっと及び腰になっていたけど、大好きな恋人に対する愛情を表現しないで、それを表に出さないよう隠して、距離を置いて機嫌を窺い続けるなんて在り方、やっぱり間違っている。

……大丈夫。
そのための『準備』も今日はしてきたんだから。
だから俺は、久しぶりの勇気を振り絞って、晴香に言った。

「なあ晴香。お祝いに、――キスしていいか?」

「え……っ」

「最近ずっとできてなかっただろ。俺達」

「……うん、そうだね。あたしが忙しくってあんまり逢えなかったから」

「違うんだ」


俺は首を横に振って否定した。

あまり逢えなかったからキスできなかったんじゃない。

俺がしようとしなかったんだと。


「あの海の日、俺晴香を怖がらせただろ。俺がそのことを心の奥で拗ねてたんだ。どうして俺があんなに責められないといけないんだって」

「!」

「あのときキスが激しくなったのはさ、晴香が好きって気持ちが高ぶってさ、少しでも伝えたいって思ったからで、晴香が心配してたみたいにエッチがしたかったわけじゃなかったんだ。だから晴香に『好きじゃない』って思いっきり拒絶された時は、すげえショックで、正直、心のどこかで晴香のこと疑ってたんだ。

　どうして晴香は俺がそんな無責任なこと絶対にしないって信じてくれないのかな。俺と同じように、恋人に触れたいと思ってくれないのかな。……晴香は、本当に俺のことが好きなのかな……って」

「博道、くん……」


　晴香の瞳が驚きに揺れる。

　自分の彼氏が自分を疑っていた。

　そんなことをぶちまけられたら動揺するのは当然だ。

　でも、それはもう過去のことだ。

　だから俺は晴香を安心させるために、ガラステーブルの上の手を優しく握って、言った。

「でも、この間やっと気づいたんだ。馬鹿なのは俺のほうだったたって」

「え……」

「考えてみたら晴香が怖がるのは当然だ。だって俺はあの時なにも準備してなかったんだから。信用できる材料もないくせに信用してくれなんて、虫が良すぎる。そりゃ拒絶されて当たり前だ。こういうのはちゃんと、男の俺が準備して晴香を安心させないといけなかったんだ」

「……準、備？」

晴香は困惑を表情に出す。

俺の言っていることが理解できないようだ。

だから俺は、ちょっと言葉にするのは恥ずかしいけど、その名称を口にした。

「…………コンドーム、のこと」

「っ⁉」

「そういうのがあるってのは知ってたけどさ、こんなの自分に必要になるなんて考えたこともなかったんだよ。俺。だから準備するって発想がなかったんだ。でも、それじゃ駄目だよな」

だって俺は晴香という異性と付き合っているんだから。

高一の頃受けた性教育の授業でも言っていた。

望まない妊娠を防ぐだけじゃなく、病気を防ぐためにも、セックスのときはちゃんとコンドームをつけるようにって。

「正直、俺と晴香が……それを使うようなことするなんて、今はまだ想像もできないけど、こういうのは使う使わないの問題じゃないよな。晴香を大切に思うなら、用意しておくのがマナーっていうか、当たり前の思いやりだったんだ」

俺にはそれが足りてなかった。
足りてないまま、晴香との距離を詰めようとした。
そりゃ信用もされないってもんだ。

「だけど今は違う。だから……今日は、またあの日みたいに抱きしめて、キスしていいか？」

言葉だけじゃなく、行動で俺は晴香への思いやりを示す。
海の夜の俺に足りなかった部分を埋めて、晴香の肩に手を伸ばす。
もう一度、当たり前に愛し合える恋人に戻りたくて。
そんな俺の願いは――

「触らないで‼」

強く拒絶された。

伸ばした手が殴りつけるような勢いで打ち払われる。

骨がしびれる痛みに、愕然となった。

× × ×

「…………はる、か？」

「っ～、ひどい、ひどいよ、博道くん……っ」

晴香の顔に、さっきまでの輝くような笑顔はなかった。

大きな瞳からポロポロと涙が零れ落ちる。

……どうして、泣いているんだ。

なんで……。

俺が、泣かせたのか？

「約束したじゃない。えっちなことは、二人が大人になって、ちゃんと責任が持てるように
なってからにしようって。なのに、そんなの買うなんて……ひどい」

「ま、まってくれ！　俺は別に今使おうとかそういう話をしてるんじゃないんだ！　ただ俺が晴香の身体に無頓着（むとんちゃく）だったたっていうことを謝りたくって——」

「だったらなんでそんな汚らわしいものを買うの？」


……は、え？

汚らわしい……？　コンドームが？

え、ど、どういうことだ？


「コンドームって、それ、赤ちゃんを作らない遊びのエッチの時に使うものでしょ。博道くんにとって、あたしとのエッチは遊びなの⁉」

「——⁉」


晴香の予想を超えたヒステリックな反応に、俺はパニックになった。

そりゃ俺も、エロイ事をする道具だ恥ずかしいって印象は持ってる。

その名称を口にするのもちょっと躊躇（ためら）うくらいには。

だけど、これを使う用途が遊びだなんて思わない。

避妊具が互いを思いやる健全な恋愛において重要な役割を持つものだということは、知識として知ってる。

でも晴香の認識は——そうではなかったようだ。

汚らわしいと。

むき出しの嫌悪感を露わにしている。

どうして？　どうしてそんな反応になる？

わからない。わからないけど、これはまずい。

落ち着かせて、説明しないと。俺は別に今これを使おうとしていたわけじゃないんだって。

そりゃ晴香には触れたいけど、でも、晴香の気持ちが整うまでそんなことをするつもりなんてないんだって。

——だけど、

「エッチは、好きな人と赤ちゃんを作るためにするんだよ。男の子が気持ちよくなるためにするんじゃないんだよ⁉」

「お願いだから落ち着いて話を聞いてくれ！　ホントにそんなつもりじゃないんだ！　俺は」

「じゃあどういうつもりでそんな汚らわしいものを買ったの⁉　そんなの身体目当てって言ってるようなものじゃん……！　博道くんは『高尾さん』みたいな人じゃないって信じてたのに、

ひどい、ひどいよ……っ」

「は、晴香……」

「帰って……！　今すぐこの家から出ていってッ!!」

俺の声は、もう晴香に届かなかった。

×　×　×

晴香の怒鳴り声に追い出された俺は、黄昏（たそがれ）の街を力なく歩きながら家路についた。

とぼとぼ、とぼとぼと、無気力に。

「…………」

長く伸びた影を見つめながら思う。

俺は、またやってしまったのかと。

でも、……これは俺が間違ってるのか？

俺は……俺なりにちゃんと晴香とのことを考えたつもりだ。

学校の性教育でもそうしろと言っていた。

倫理的に考えても俺のしたことは間違ったことじゃなかったはずだ。

……話題に出すこと自体が間違ってた、ってことか？

そういう性の話題を。それ自体が晴香のタブー。

大人になって、結婚するときまで、すべてを胸の中にしまい込んで、どんなに晴香が愛おしくて抱きしめたくなっても盛り上がると危ないから我慢。

我慢して、我慢して、それでも心の火は絶やさないように。


「そんなの、無理だよ……」


どうしても触れたいと思ってしまうんだ。

好きという想いを伝える言葉が、あまりにも少なすぎるから。

想いを伝える以外に、君を繋ぎ止めておける自信が……俺にはないから。

それとも、こんなふうに理由をつけて、俺は結局晴香の身体を抱きたいだけなんだろうか。

ホントは晴香の心や身体なんて知ったことじゃなくて、その野蛮な感情を正当化するために
あれこれ理由を引っ付けているだけで――

「ああ、そうなのかも、しれないなぁ」


女の子の身体を好きにしたいだけ。

好きと思い込む感情もただの性欲。

相手なんて見た目さえよければ誰だっていい。

――ホントのところはそう考えているから、俺は時雨にあんなことをしたんじゃないか？

あんな軽薄で、愚かなことを。

違うか？

わからない。

そうかもしれない。

でもわからない。

自分で自分がわからない。

ただ、なんか、もう、…………疲れたなぁ。

わからないことを考え続けること。それに振り回され続けること。全部。

こんなにしんどいなら、もう、いっそ……いっそ……

晴香のことを、忘れてしまいたい。


「あれ？　おにーさん、ずいぶんと早いおかえりですね？」

家の扉を開けると、居間でテレビでも見てくつろいでいたんだろうか、居間の入り口の下の方から、時雨がひょこっと顔だけ覗かせた。

「……ああ、ただいま」

「困りましたね。今日はてっきり姉さんの家で晩御飯も食べてくるものかと思ってたので、なにも用意してないんですけど、……おにーさん？」

「ん？　なんだ？」

「いやそれはこっちのセリフなんですけど。どうしたんですか。玄関で立ったままボーっとしちゃって」

「……別にぼーっとなんてしてないぞ。それより腹が減ったな。飯にしようぜ」

「だから用意がないって今言いましたよね？」

「あ、ああ。そうだったかな……」

晴香を否応なく意識させる時雨の顔が、今の俺には辛い。

直視できなくて顔を背けながら部屋に入る。

話もあまり耳に入ってこない。

そんな俺を時雨は心配そうな目で見つめてきた。

「……あの、姉さんとまた何かあったんですか？」

「何もないけど」

「何もないって顔じゃないですよ。それ。こんなに空が赤いのに真っ青ですもん」

「…………」

「辛いなら、また私を頼ってくれてもいいんですよ。私達は双子ですからね。相手が私なら浮気にはなりません。それに私は、どんな形でもおにーさんに必要としてもらえるだけで幸せですから」

「だったら抱かせろよ」

「え？」

時雨がいつも口にする、俺が俺を許せるための言い訳。
それを聞いた途端、何かが、俺の中でプツンと音をたてて千切(ちぎ)れた。
俺は乱暴に時雨の両肩を摑(つか)むと、力任せに壁に押し付ける。

「お、おにー、さん？」

突然の暴力に時雨は目を丸くして驚く。
その顔がさっき俺がキスしたいと言った時の晴香に似ていて、
ホント、似すぎていて――

「俺のこと好きなんだろ。好きって言ったよな。だったら触らせろよ……っ！　なんで俺ばっかりが触りたいって思うんだよ！　もっと近づいて、もっと好きだと知ってほしいって、なんでお前はそう思ってくれないんだよ！　俺のことが好きじゃないなら、告白したこと後悔してるなら、はっきりそう言ってくれよ!!」

「おにーさん……」

「……もうわかんねえ。晴香と俺の『好き』が違いすぎて、晴香が俺のことほんとに好きなのか、わかんねえよ。もう、辛いよ」


こんなこと時雨に言っても仕方ない。

晴香本人に言うべきことだ。

だけど、晴香にあまりにそっくりな時雨を見ていると、もう胸の内に秘めておくことなんてできないほど膨らんだ負の感情が、涙と言葉になって溢れ出す。

そして一度堰（せき）を切るともう止められなかった。


「頼む…………晴香のこと、忘れさせてくれ…………」


もし、もし本当に俺が身体目当てで、女の子なら誰だっていいと思っているなら、時雨を抱けば満足できるはずだ。

今抱いている感情の濁流も落ち着いて、晴香のことで思い悩むこともなくなる。

そのはずだ。

そんな、そんな最低に身勝手な理由で俺は時雨を求めた。

だけど、身勝手な救いを求める俺に、時雨は困ったように言ったのだ。

「それは、無理ですよ」

「…………」

「私が何をしたところで、おにーさんは姉さんのことを忘れられない。私達が双子だからってことじゃない。おにーさんが他人に対して不誠実になれない人だから。姉さんが悪い。自分は悪くない。そう割り切ることのできない人だから。……きっと後悔する。後になって自分を責めて今よりずっと苦しくなる」

「っ～～～～……」

「そう……だからこそ私は――、そんなおにーさんをずっと慰めてあげます。おにーさんが自分を許してあげられるまで」

――ずっと。

そう言うと時雨は、爪が食い込むほど乱暴な力で肩を掴む俺の首に優しく腕を回した。

「いいですよ。おにーさんのしたいようにしてください」

俺の不出来も、俺の身勝手も、すべてを許してくれる微笑み。

真っすぐと俺を見上げる時雨の瞳には、愛情、信頼、そして情熱、俺が晴香に向けてほしかったすべてがある。
そんな優しい眼差し(まなざし)に見つめられて、

「うう、うううう…………うわぁぁあ…………っ」

俺は時雨に縋り(すがり)ついて泣いた。

×　×　×

あの後、『兄』は声が嗄れる(かれる)まで心を絞り上げるように泣いて、力尽きたように眠った。
私は自分の膝(ひざ)の上で眠る兄の髪を、起こさないように優しく撫でる(なでる)。
少しでも、彼の夢見が良くなるように。

「…………」

結局彼は、私に手を出さなかった。

正直、そうなるだろうとは思っていた。

だって優しくて、そして――臆病だから。


優しさというものは必ずしも強さからくるものではないと私は思う。

もちろん世の中には周囲の人々を息を吸うことと等しく慈しめる人間もいる。

でも臆病だから他人に嫌われたくない。だから他人を傷つけたくない。だから他人に優しくする。可能な限り誠実であろうとする。そんな自己愛、自衛心からくる優しさもあるだろう。


それを媚び諂いに似た偽物の優しさという人もいる。

そういう人間は性根の部分で不誠実だと罵る者もいる。

でも私はそうは思わない。

少なくとも、自分自身に過剰な自信を持っていて、他人の目を気にせず、自分のために周囲の人間を傷つけることを何とも思わない『高尾』のような人間より、臆病者の方が私はずっと好きだ。


兄はそういう人だ。

人間として自分自身に確固たる自信を持っておらず、自己を確立するのに他人の評価を必要としている。だから自分をよく見せようと努める。

間違っても、自分から他人を裏切ったりはしない。

可能な限り、できる範囲ではできるだけ誠実であろうと努める。

こういう人はきっと将来、家族を愛する平凡ながらも立派な父親になるのだろう。


そう……私と出逢(であ)いさえしなければ。


彼の歯車を狂わせたのは私だ。

私はそれを知っている。

申し訳なくも思う。

だけど、止められない。

大好きだから、触れたい、近づきたい。その想いを抑えられない。


だから……かわりに私は、この人にならを何をされても文句は言わない。

この人が求めるなら、心も、身体も、すべて与えてあげようと思っている。

金銭だってそうだ。グラドルの娘というだけあって私は容姿に恵まれている。この容姿を上手く使えば稼ぐのには苦労しない。

この人の心を歪める償いに、私のすべてを尽くして幸せにしてみせる。

それが私の覚悟だ。

……でも姉は、どうなんだろう。

どのくらいの覚悟で、兄をここまで傷つけているのだろうか。


そう憔悴しきった兄を見つめながら考えていたときだった。

床に転がった兄のスマホに着信が入ったのは。


表示される相手の名前は、――姉。

しばらくコールが続いた後、電話は留守番メッセージに切り替わり、泣きはらした後のような姉の嗄れた声が聞こえてきた。


『……もしもし、晴香、だよ』

「姉さん……」

『あの……、さっきは、ヒステリックに怒鳴って、ごめんなさい。どうしても気持ち悪さが抑えられなくって……』

留守電越しに姉は詫びる。

気持ち悪い、とはまた剣呑な響きの言葉だ。

二人の間に何があったんだろうか。

私は耳をそばだてる。


『あたし、実はコンドームにはとても嫌な思い出があるの。……博道くんは知ってるよね。あたしの両親が離婚してること。その原因はママの浮気だったんだけど、……それがパパにバレたの、あたしが家のごみ箱に捨てられてた……それを、パパに持って行ったからなの。あたし、そのときは小さくて……何も知らなかったから。

もちろん、悪いのは道具じゃなくてママ達だってわかってるよ。だけど……どうしてもダメなの。ママを騙して、あたしと時雨を引き裂いた相手のことを思いだしちゃうから……』


コンドーム……。

その話を兄が振ったのが喧嘩の原因、ということだろうか。

『でもこのことで博道くんを不安にさせたくない。だから、……ハッキリあたしの気持ちを言葉にしようと思って電話したの。こんなこと、気が早すぎるって自分でも思うから、いままで言い出せなかったんだけど――』

電話口の姉は、まるで覚悟を決めるように大きく息を吸って、言った。


『あたしは博道くん。博道くんのことが本気で好き。大好き。

大人になったら、け、……っ、結婚したいっ！　……って、本気で思ってる。

博道くん以外考えられないし、博道くん以外知りたくない。

そしていつかパパや時雨に胸を張って言いたいの。この人が世界で一番あたしを大切にしてくれる、あたしが世界で一番好きな人だって。

……だから、だからね、
その時までは清く正しい関係でいよう？

だって、えっちなことなんてしなくても、大好きだって気持ちは育っていくと思うから。

ううん。むしろ、そうやって育つのが本当の愛、だと思うから。

欲望なんかじゃない。ただただお互いに慈しみ合うピュアな関係。あたしは博道くんとそうなりたい。博道くんとなら、なれるって信じてる。

……ごめんね。こんなことホントは留守番電話なんかで言うべきじゃないんだろうけど、今を逃したら、勇気が持てないかもしれないから……。わかってくれると、嬉しい、な』
絞り出すように自分の心の内を兄にさらけ出す姉。
そんな姉の本音を聞いた私は、

「？？？？？？？？？？？？？？？？？？？？？？？？？？？」


姉が何を言っているのかまるで理解できなかった。

……正直驚く。

兄がこんなにも理解から遠いことをのたまう人間と向き合おうとしていた事実に。

いや、だって、
性欲を伴わない愛情こそが真実の愛って、なんだそれは。

意味がわからない。

禅問答かなにかか、それは。

だって、そもそも私達が異性を愛おしく想うのは、子孫を残すための生物としてのメカニズムだ。その遺伝子に刻まれた生理的衝動がまずあって、それが感情や思考に作用した結果として愛情が存在する。

断じてその逆ではない。

だから相手を好きと思えば思うほど触れたくなるのは当たり前のことじゃないか。それこそがピュアな関係なんじゃないのか。


というか――

それを否定するなら、そもそも姉はどうして兄と付き合うなんてことをしたんだ。

大人になるまで待てと押し付けるなら、大人になってから付き合えばよかったじゃないか。

愛を語って、その気にさせて、でも決して兄の気持ちに応えることはせず、だけどその理由を語り聞かせて、優しい兄に自分を忘れることさえ許さない。

こんな、こんな身勝手で無責任なことがあるか……？

私は……私は出逢うのが姉より遅かったというだけで、姉を通してでしかこの人に触れられないというのに。


「…………」

自分の胸の中に恐ろしく冷たい感情が滴り落ちるのを感じる。

この瞬間、私は血肉を分け合った大好きな双子の姉を――『憎悪』した。

だって……恋人なのにわからないのか？

今の話を聞かされて、兄がどんな気持ちになるかが。

優しい兄は必ず自分を責める。姉がこんなにも自分との関係を真剣に思ってくれているのに、一時の感情に流されてしまう自分はなんて愚かな男なんだろう、と。

そしてまた必死に耐えようとするんだ。

良くも悪くもごくごく平凡で臆病な男の子でしかない兄には到底耐えられない孤独に。

自分が悪い。自分が悪い。

生き物として当たり前の欲求を訴える自分の心に、刃を突き立てて。


……正直、私は姉から恋人という立場を奪うつもりなんて微塵もなかった。

だってそんな『口約束』にも似た契約が、なんの保証にもなりはしないと知っているから。

正直興味すらない。

だから邪魔するつもりなんてなかった。

この人の心の中、その奥深くに居られれば、それだけで良かったんだ。

だけど、
私はもう、

無理解な姉に振り回されて、この人が自分で自分を傷つけるところを見たくない。

「――――」

そう思った時――私はもう行動を終えていた。

兄の、兄以外取ることのないスマホが、
未(いま)だ姉と繋(つな)がっている状態で、
私は、

通話ボタンを押したのだ。

「ずいぶんと手前勝手なことばかり言うんですね。――姉さんは」

あとがき

またコロナかよぉぉぉぉおぉおおお!!!!（二回目）

はい、第一波緊急事態宣言直撃でスタートした『いもキス』、二巻は第二波での発売となりました。つくづく運がないな君は！　このあとがき書いてるの八月頭なので来月のことはわかりませんが、また緊急事態宣言で書店閉鎖とかになってたらもう泣きますよ。（……でも真面目にお盆の後だからホントあり得そうで怖い）さばみぞれ先生の素晴らしい表紙が平台に並ぶ姿を一度でいいから見たいものです……。

真面目に早くワクチンが出来て欲しいですね。何処の業界ももう滅茶苦茶ですもん。飲食業界は特に悲惨そう。自分の行きつけの喫茶店も現段階で三つほど潰れてしまいました。ファミレスも深夜営業をやめてしまって夜ファミレスで缶詰をして執筆にブーストをかけることを習慣にしてる自分には大打撃です。

と、まあ泣き言はこのくらいにしてお久しぶりです。海空りくです。

『いもキス』堕落の第二巻、お楽しみいただけたでしょうか。楽しんでもらえたなら嬉しいです。なにしろこの二巻書くの、結構大変だったので（笑）

海空、これでも作家生活十年のベテランで本数も結構たくさん書いてきたんですが、ここまで思ってることや言ってることと実際の行動とがズレてるキャラクターを扱ったのは初めてでした。

基本海空の作品のキャラは皆、有言実行というか、こう思ったならそう行動するという考えと行動が一致している子が殆どなんですよね。――が、この『いもキス』はそうじゃない。主観視点で独白まで入るのに、思っていることと実際の行動とがズレてたり、本人すら自覚していない詭弁や欺瞞が山盛りになっているので、作家としてはこいつら勝手なことばかりしてくれちゃって～、という感じです。

例えば今回、晴香の恋愛観がだいぶクローズアップされたわけですが、果たしてこれも晴香が自分で考えたものなのか、それとも父親から吹き込まれたものを自分の考えと思い込んでいるだけなのか、この辺晴香自身にもわかっていない部分で、つまるところ本人たちにすら自分がホントはどういう人間なのかがわかっていないんですよね。

でも人間、そんなものだと思うんですよ。自分の信念や成りたい自分をしっかり思い描いて、言葉のまま思いのままに貫き、実現できる。それってもうすごいことで、それが出来る人間は善人にしろ悪人にしろタダモノではないと思うんですよ。ヒーローの資質といいますか。

『いもキス』はタダモノの恋愛模様、ヒーローでないからこそ描ける感情の揺らめきにエモさを見出せる作品にしたいので、言ってることとやってること違うやん！　と思いながらも、その揺らぎごと感情のすべてを齟齬なく文面に落とし込めるよう頑張りました。
頑張って細々と調整したおかげで最後通しで読み返した時は『めっちゃ面白いやん！』と自分でも納得の出来に仕上げることが出来ましたよ（自画自賛）。
ダメだダメだと思いながらも手を伸ばせば手に入る快楽に溺れ、自分を許せる言い訳を口にしながらゆっくり確実に身を持ち崩していく様、この企画で描きたいと思っていた堕落と、そこへ誘う毒々しいまでに強い愛情に依存していく情景を描くことが出来たのは、とても楽しかったです。

一巻では描き切れなかった甘い堕落を描けたのは、緊急事態宣言でかつて無い程ひどいスタートになった一巻を買ってくれた読者さん、口コミで応援してくれたみなさんのおかげです。おかげさまで書店もろくに営業していなかった中発売したにもかかわらず、重版までこぎつけることが出来ました。この場を借りてお礼を。本当にありがとうございました。

そして本作に素敵なイラストを描いてくださった最近ラノベ業界で大活躍のさばみぞれ先生にもお礼を。お忙しい中、本当にありがとうございました。表紙、ヤバイです。もう最高です。『キスしたくなる表紙でオネガイシマス』とかいうふわっとしたリクエストをしたらこんなすごい絵が返ってくるんだからさばみぞれ先生すごい。プロすごい。

九月、また緊急事態宣言で書店閉店なんてことにならずちゃんと新作平台に並んでくれたらきっとすごい存在感を放つんじゃないでしょうか。見たい、見たいなぁ……。

担当編集の小原さんをはじめ、ＧＡ編集部のみなさんもありがとうございました。見本誌楽しみにしてます。

そして今このあとがきを書いている瞬間にもお世話になっている、レストラン『ジョイフル』にもありがとうを！　自分の近所（徒歩片道一時間）で唯一深夜営業をしてくれている『ジョイフル』さん本当にありがとう！　愛してる！　ここが作家海空りく最後の砦です。

最後に繰り返しになりますが応援してくれた読者の皆さん、本当にありがとうございました。本作で皆の性癖が少しでも歪んでくれたならこれに勝る喜びはありません（ゲス顔）

二巻もラストで妹ちゃんがブッこんできましたが、はてさて三人の関係はこれからどうなってしまうのか。晴香のことを一瞬でも忘れたいと思ってしまった博道はこの初恋を貫けるのか。そもそもこの作品は次の巻もラブ〝コメ〟を名乗ることが許されるのか（笑）

やきもきしながらお待ちいただければと思います。

それでは読了ありがとうございました。

ファンレター、作品の
ご感想をお待ちしています

〈あて先〉

〒106－0032
東京都港区六本木2－4－5
SBクリエイティブ（株）
GA文庫編集部 気付

「海空りく先生」係
「さばみぞれ先生」係

本書に関するご意見・ご感想は
右の QR コードよりお寄せください。

※アクセスの際や登録時に発生する通信費等はご負担ください。

https://ga.sbcr.jp/

カノジョの妹とキスをした。2

発　行	2020年9月30日	初版第一刷発行
	2022年9月1日	第四刷発行
著　者	海空りく	
発行人	小川　淳	

発行所　SBクリエイティブ株式会社
〒106−0032
東京都港区六本木2−4−5
電話　03−5549−1201
03−5549−1167（編集）

装　丁　AFTERGLOW

印刷・製本　中央精版印刷株式会社

定価はカバーに表示してあります。

ISBN978-4-8156-0728-9
Printed in Japan
GA文庫

試読版は
こちら!